戀戀府城

臺語詩

有一種等待
一群台語人　圍坐 tī 舊冊店
咖啡冷--去-ah　飄撇 ê 形影
Nah ē iáu-huē 來　知你 kap guán kāng 款
Ba̍k-tsiu 金金 leh 看　台語文學 ê
天光

——潘景新〈有一款等待——送 Kāng 沿 ê 陳恆嘉〉

臺南青少年文學讀本

卷

U0023510

少年模樣

每一時代與土地，都有屬於
斯土斯民心靈上的「原鄉」，
這個原鄉有如藏寶盒，珍藏
了屬於那個時代與土地的情
感印記、生活記憶和吉光片
羽，這是留給後人最美好的
資源。將此資源記錄下來，
然後再彙編成冊，這就成了
美麗動人的文學篇章。

臺南青少年文學讀本

文學讀本

臺語詩

卷一

施俊州

◎主編

《臺南青少年文學讀本》局長序

藝文輝光無不照，文學花果正豐茂

　　提升生活品質，乃是人類社會無止境的追求，其動力則來自文化的陶冶。而文學正是文化陶冶的重要途徑之一，也是表現文化內涵的精髓和根本之所在。福樓拜曾說：「文學就像爐中的火一樣，我們從人家那裡借得火來，把自己點燃，然後再傳給別人，以致為大家所用。」現在，我們所推動的青少年文學讀本編選工作，正是追隨文學先賢的步履，點燃文學薪火，再一代一代傳遞下去。

　　有些書只須淺嚐低品，有些書可以囫圇吞下，有些書則值得咀嚼細品。這些值得咀嚼細品的書，就是本局出書所懸的標準，也是本局所欲達到的目標和臻至的境地。對青少年而言，最值得咀嚼細品的書，自然非文學書莫屬了。因此，我們秉持著「植根臺灣鄉土，擷取臺南文學」的原則，編輯了這套適合

青少年閱讀鑒賞的叢書——《臺南青少年文學讀本》。此書一套凡六冊，主要目的是讓文學及文學教育能「向下札根，向上開花」，最終開創「藝文輝光無不照，文學花果正豐茂」的境界。

　　追本溯源，文學乃起源於我們對人間生命的熱愛，對幽微人性的探索，對廣大社會的關注，對鄉土情懷的摯愛，因而加深了文學悠遠的意境、雋永的哲思和智慧的火花，也加深了文學的感動力、感召力和感染力。文學，由於注入了活生生的生命和感情，因而使文學具有「將抽象事理化為具象敘述，將平實文字變成波瀾文章」的魅力。但每一種文類創作時，卻又有自身的特質和要求。如以本套書文類為例，短篇小說卷重在生動故事的敘述，散文卷重在聞見思感的描寫，現代詩卷和臺語詩卷重在文采節奏的抒情，兒童文學卷重在童稚語言的表現，地方傳說卷重在口頭傳聞的紀錄。以上所述，即見出文類寫作的不同旨趣。

　　為了透過文學讀本積極落實國民教育的語文學習工程，讓青少年認識本地的作家作品，再透過作品了解自己的土地。一○五年三月陳益源教授在臺南市文學推動小組會議中提案，編

輯《臺南青少年文學讀本》，由陳昌明任召集人，各卷主編人如下：

· 小說卷　李若鶯主編
· 散文卷　王建國主編
· 現代詩卷　吳東晟主編
· 臺語詩卷　施俊州主編
· 兒童文學卷　許玉蘭主編
· 民間故事卷　林培雅主編

　　文學讀本選文時，凡本籍、出生地為臺南，或長期居住臺南者，均視為臺南籍的作家。我們選文重點之一，特別重視時代性，此即「文章合為時而著，詩歌合為事而作」。從日治時代以至當代為止的作家作品，尤其注重從年輕一輩新創作家挖掘，以更符合這個時代年輕人閱讀的作品。這些作品經過時間的選汰、淘洗、精煉，自然而然就成為我們社會共同的記憶和資源。所選作品基本上以符合青少年的閱讀為主旨，並不只以臺南名家作品為依歸。作品如有不適合青少年閱讀者，則加以

調整，儘量選擇能表現或彰顯臺南地理環境、歷史源流、民情風土、文化底蘊、人文風貌的作品。本套書體例是每篇選文包括「文選」、「作家小傳」、「作品導讀」三部分。

　　每一時代與土地，都有屬於斯土斯民心靈上的「原鄉」，這個原鄉有如藏寶盒，珍藏了屬於那個時代與土地的情感印記、生活記憶和吉光片羽，這是留給後人最美好的資源。將此資源記錄下來，然後再彙編成冊，這就成了美麗動人的文學篇章。如此代代傳承下去，或成為懷舊的故事，或成為經典的作品，永遠給人們帶來無可取代的感動。也正是這些感動，生發出世世代代美不勝收的人文風景。此情此景，何嘗不是我們的目標和憧憬呢！

臺南市政府文化局局長　葉澤山

《臺南青少年文學讀本》顧問序

陳益源

　　臺灣以縣市為單位的區域文學讀本，稍早有《苗栗文學讀本》（六冊，苗栗縣文化局，一九九七）、《臺中縣國民中小學臺灣文學讀本》（七冊，臺中縣文化局，二〇〇一）、《彰化縣國民中小學臺灣文學讀本》（九冊，彰化縣文化局，二〇〇四）、《高雄縣國民中小學臺灣文學讀本》（五冊，高雄縣文化局，二〇〇九）等。

　　二〇一六年四月，《雲林縣青少年臺灣文學讀本》（五冊）又由雲林縣政府文化處出版，本人忝為該項計畫的主持人，當時正被文化部借調國立臺灣文學館擔任館長，因此特別在五月十四日於臺文館安排了一場新書發表會暨各縣市青少年臺灣文學讀本的編纂理念說明會，邀請《雲林縣青少年臺灣文學讀本》的顧問（吳晟、路寒袖）、各分卷主編和學者專家、各縣

市文化局代表齊聚一堂，進行經驗分享與意見交流。

「了解是關懷的基礎」，詩人吳晟當天在接受民視新聞訪問時說：「你對我們自己所賴以安身立命的地方不了解，那你要從何去培養你的關心？」所以他不斷大聲疾呼應該編纂在地文學讀本，落實文學教育；又因「臺灣各縣市的人文、地理、產物……，各有不同的特色、不同的動人故事，因而孕育了多樣的文學現象」，所以各縣市的文學讀本都可以有適合當地文學現象的彈性編法。我們一致希望能推動更多縣市編纂自己的青少年臺灣文學讀本，讓各縣市子弟從小就有機會接觸自己家鄉的作家，了解自己家鄉的文學，進而真正關懷自己的家鄉。

這樣的理念，很快得到了一些迴響，二〇一七年三月，屏東縣政府與國立屏東大學合作出版了《屏東文學青少年讀本》的新詩卷、小說卷、散文卷三冊。於此同時，臺南市政府文化局葉澤山局長亦已委託陳昌明教授召集《臺南青少年文學讀本》編輯會議。經過了近一年的精挑細選，《臺南青少年文學讀本》現代詩卷、臺語詩卷、兒童文學卷、民間故事卷、散文卷、小說卷即將於二〇一八年七月問世。

臺南市政府文化局積極打造府城為文學之都，每年盛大的

臺南文學季活動內容精彩，同時也有計畫地要讓府城文學走向世界（例如文學大老葉石濤短篇小說的越南文譯本，二〇一七年十二月他老人家逝世九周年前夕要在河內隆重推出），現在又有了《臺南青少年文學讀本》的在地向下扎根，我們相信此舉必能讓府城子弟透過在地文學的閱讀而更加了解臺南、肯定自我，並且可望再為府城文學開更多的花，結出更多的果來。特撰此文，以申賀忱。

二〇一七年十一月於成大中文系

《臺南青少年文學讀本》召集人序

陳昌明

點燃閱讀的樂趣

臺灣文學近二十年來，在研究、整理、出版上都有豐碩的成果，但在青少年文學讀物的領域，卻是長期的匱乏。這是因為國小進入中學以後，升學壓力日重，學生無暇顧及課外讀物，而家長重視子弟課業，也不鼓勵小孩閱讀課本以外的書籍。於是我們的教育，長期陷入閱讀貧乏的窘境，學生只能注視課本裡的作者、題解、注釋，長期記憶背誦為考試而讀書，終讓閱讀成為學子的畏途。所以我們的學生閱讀興趣低落，閱讀素養不足，離開學校以後，再也不閱讀。

因此，臺灣青少年文學缺乏市場，本土青少年讀物嚴重不足，已經形成嚴重的閱讀危機。青少年找不到閱讀樂趣，影響的是終身的品味。編選優良的青少年讀物，固然有助於推動青少年的閱讀，但如何在家庭與校園產生影響，才是推動閱讀成

敗的決定性因素。

　　近年來從高中到大學的學測，逐漸重視「素養」，不再以課本語文教材為範圍，正是新一波推動閱讀的契機。如果家長與教師能體認此新趨勢，讓青少年的閱讀擴大眼界與範圍，那麼此時編選臺灣青少年讀本，正得其時。葉澤山局長去年提出編選臺南市青少年文學讀本的構想，我與陳益源即著手規劃此套叢書的架構，以及選擇各冊適當的主編。我們邀請了林佛兒、王建國、吳東晟、施俊州、許玉蘭、林培雅擔任編選委員，分別負責主編短篇小說、散文、現代詩、臺語詩、兒童文學、民間故事等各卷工作，各卷內容大抵從日治時期新文學興起，以至當代青年文學家的作品。此套書並特別規劃了臺語文學與府城地方傳說，突顯臺南文學的特色。系列作品不僅可讓學子們同時觀賞臺南文學的優雅、清新、華麗、通俗等各種風格，更讓讀者初探臺南文學的歷時性發展，是一套豐富可讀，有其深度的作品集。去年林佛兒老師意外仙逝，文壇咸感悲痛，林老師短篇小說卷原已初編完成，後續工作則感謝其夫人李若鶯教授接手。

　　府城作為臺灣文化的發源地，《臺南青少年文學讀本》的

出版，不僅供臺南市青少年可以閱讀，也適宜做為臺灣青少年文學的共同讀本。所以本套叢書在選材上，有幾個條件：

一、選文具代表性，難易程度適合青少年閱讀。
二、內容具教育意義，文學特性讓讀者有潛移涵養的功能。
三、選文能讓讀者了解臺灣歷史社會背景，充實相關文化知識。

各卷主編在選文過程，都投入相當多時間與精力，每篇選文之後，都加上適度的解說，對於讀者有基本的導讀功能。希望這套經過各冊主編精心編選的讀本，能夠啟迪讀者，重新點燃青少年的閱讀樂趣。

主編序　從蔡培火到杜信龍

施俊州

　　臺南青少年臺灣文學讀本臺語詩卷之選文、徵求授權、漢羅改寫等作業，概由本人全權負責。職此之故，有必要在此交代個人執行編務的過程、主觀「好」惡，以及好惡背後的「理想」，以示責任所在。

　　臺南市政府文化局聘本人為編纂委員，由葉澤山局長主持，陳昌明、陳益源兩位教授主導的編輯會議充分授權，本書如獲讀者掌聲、讚美，榮譽理當歸於兩位教授及臺南市文化局。責任連帶，筆者當然與有榮焉，也很樂意承擔批評指教。

Including：臺南有多少臺語詩人？

大臺南到底有多少臺語詩人？

臺南到底有多少人寫過臺語詩？

到底有多少「臺南人」寫過臺語詩？

　　以上三問，同中有異，都還不涵蓋寫臺南題材的詩人、詩作，遑論「臺南人」的身分認定？編輯會議立下一個很簡單的前提：本卷，原則上，優先收錄出生於臺南或（曾）在此設籍的詩人、作品，題材無論；非「臺南人」經營臺南題材、有可讀之處者為例外。編輯會議且責成各卷主編在「作者簡介」中交代作者與臺南的地緣關係。

　　在此形式標準下，筆者實際選文，以「臺南人」的作品為多，單以題材入選的絕少。所謂「臺南人」，就是曾經設籍或目前設籍在此的詩人，自然包含出生於臺南，而後設籍其他縣市，乃至移民海外的臺南人。與臺南頗有地緣關係的一類——曾在臺南就學、就業，但未設籍的詩人——除幾個例外，全在編選眼界之外，被排除（exclude），成了「遺珠」！在編輯會議

提交的初版「臺南臺語詩人名單」，列名者121位，附有詩題者（入選名單）58位，經過授權過程剩53位，也就是讀者目前所看到，最後成書擺出來的臺語詩陣容——從鄭溪泮（1896-1951）到黃之綠（1982-）。

　　黃之綠作品不多，在授權過程中加選。她的臺語白話，與乃父「博」雅「文」氣的詩風大異，彷彿當代連續劇父子不同「腔」（地方腔）的現象，既有趣，也值得深思。究其實，從初選名單歸納出來的歷史意象，原是「從蔡培火到杜信龍」——臺語詩寫作，代有才人，論白話、新體詩，超過百年歷史。杜信龍，1981年生，灣裡人，後遷出，在鹽埕定居、成長；2013年開始寫臺文，如今有詩600首，旁及七字仔、小說等文類；近三年先後以未刊稿《Gín-á 孽：故鄉 ê 詩筆記》問鼎國家文化藝術基金會創作補助及府城、夢花文學獎，屢試屢不中，是文壇評等機制的漏網之魚。黃之綠之後有王薈雯（1986-），麻豆人，在高雄成長，才女級小說寫手，本卷未及選入，遺憾！更年輕的--leh？前幾年，李文正議員服務處與文化局合辦「校園臺語詩獎」，那些得獎的小小詩人不正是臺語文學幼苗，其書寫經驗不正是靡有前例的文學史現象？

憾事不止一樁。本卷遺珠：近年臺語詩作屢屢得獎的王永成（王羅蜜多，1951-）、寫童詩的謝武彰（1950-）、白聆（曾吉郎，1958-）、音樂家兼畫家林榮德（1937-），資深華語作家吳鉤（1942-）、涂順從（1948-）、鄭烱明（1948-）、羊子喬（1951-）、林仙龍（1955-）、棕色果（黃以約，1955-），社區營造的典範林明堃（1951-），七字仔大師蔡奇蘭（1944-）、戴正德，書法家高月員（1947-）、王寶星（1953-），多媒材藝術家潘靜竹（1955-），女詩人黃越綏（1947-）、林金萱（飲姿）、謝碧修（1953-）、劉惠蓉、吳嘉芬（1966-）、莊雅雯（1967-），寫小說的連鈺慧（小城綾子，1959-），資深臺語作家林明男（1943-）、陳泰然（1946-）、蔡享哲（1947-）、謝安通（1948-）、劉克全（1952-）、吳炎坤（1961-），孤狼詩人榮春秋，總統詩人陳水扁（1951-），蕃薯社員周華斌（1969-）、漢醫周鴻鳴（1947-），南護退休教授曾明泉（1956-），頭家詩人葉東泰（1965-）、蔡明財，南監詩人楊尚謀、創作型監獄歌手寇平……數都數不完，或有新的總集編纂計畫，比如《臺南臺語詩百人選》加以 include，方能補全筆者有缺的選編視野。

　　鄭溪泮之前、之後，有人。蔡培火（1889-1983），白話字散

文《Cha̍p-hāng Koán-kiàn》(十項管見;臺南:新樓書房,1925.09.11 印刷、09.14 發行),是先鋒之作,也是名著。蔡培火的「詩」是歌(含譜),相對完整收錄在賴淳彥的著作《蔡培火的詩曲及彼個時代》(台北:吳三連臺灣史料基金會,1999.10),以及後出的全集第七冊《雜文及其他》(張漢裕主編;吳三連基金會,2000.12)。本卷原有意選蔡培火作詞、作曲的〈咱臺灣〉(林好演唱。《咱臺灣》。7 SP, 80297。台北:Columbia,1934),因授權不及而作罷。〈咱臺灣〉的「全民」觀點確實感人,不過當代讀者若能從日本時代階級分殊的意識形態脈絡來閱聽,詩感當更立體。

本卷歌詞入選為例外(比如謝銘祐〈行〉)。許丙丁的作詞〈牛犁歌〉(c.1960;《臺灣鄉土民謠全集》。10 LP, KLK-60。大王唱片,n.d. [1962.01.10-]),就在原則之下,成了編者遺憾之餘的願景:1950、1960 年代,以亞洲、南星為代表的唱片公司暨所屬「歌謠研究所」、音樂班(e.g. 古意人郭一男 [1931-] 主持的南星音樂教室),栽培、「生產」多少在地臺語歌創作者,文化局可以新成立的許石音樂館為基地,整理「作詩」的詞人作品,出版別集歌本、總集歌選,「復刻」那個臺南統領歌壇的音樂

時代。

　　本卷選編之初，即有意排除以下類型的詩人、詩作（原則）。先點名，再說詩作類型：林燕臣（1859-1944）、李本（1871-1935）、高天賜（1872-1902）高金聲（1873-1961）、楊士養（1898-1975）、周天來（1905-1975）、黃武東（1909-1994）、鄭泉聲（1925）、丁榮林（1936- ）……內行人一看便知，這些詩人的共同點是長老教會內的白話字作家。卷中，白話字末代作家杜英助（1939- ）當然是例外。筆者在杜牧師的簡介中說：「教內，詩、歌不分是傳統。此外，就是福音歌、見證歌之類的『七字仔』，或可唱不上譜。教外轟轟烈烈的現代詩運動，與教內無關。」原則所排除的詩類型是七字仔，或以七字仔為原型的長短句式詩「歌」。白話字作家非排除類型，本卷反而特例選了幾位較少為人知的白話字作家或詩作，鄭溪泮以下數人：賴仁聲（1898-1970）、鄭兒玉（1922-2014）、高俊明（1929- ）、杜英助（1939- ）。如此一來，讓本卷多少反映一下臺南的另外一個文學傳統——跨百年的「白話字時代」與時代產物，白話字文學。

　　臺南到底有多少臺語詩人？本卷，當然無從答個刣圇，但至少是個櫥窗。

教育、啟蒙：選了哪些詩？

　　編輯會議的基本設定：各卷頁數是既定的（約數），詩卷入選的詩人想當然會比較多，故將行數設定在 30 行內。林宗源的〈偷走轉--來 ê 日子〉38 行，李若鶯〈Nā 是你 tuì 故鄉來〉34 行，黃之綠的〈頭 1 ê 記 tî〉41 行比較長，離立下的原則也差不多。詩短，通常比較好讀，相對適合青少年。詩短好讀，也要內容、手法平易，「易讀性」於是成了選文的標準之一。短而好讀、「易讀」，青少年讀得下去，方有詩教、啟蒙的功能可言。

　　教育什麼、啟蒙什麼，則是內容選定的問題。林宗源，資深臺語詩人，長短詩不少，執意選〈偷走轉--來 ê 日子〉，就愛在詩寫終戰前臺南大空襲的災難經驗。這個歷史經驗，臺南人要知道。李若鶯的臺語詩少，〈Nā 是你 tuì 故鄉來〉入選，倒不是因為題材，而是寫法：首尾設問，第二人稱「神秘」，全詩盈盈的動態性（戲劇性）抒情。詩中有看似陳腐的弓蕉葉寫詩、「放水流」的意象，卻攸關詩人念鄉之外青春傷逝的主題。聽聞李教授近來針對華語詩人寫臺語詩的現象發表意見，認為

華語詩人有文學技巧，轉身寫臺語詩，一寫就好。這種看法雖不能說全錯，卻往往是誤導。經驗上，從前至今的華語人寫臺語詩，遣詞造句深受華語同化而不自知，「你」、我都一樣，「他」也一樣。有的詩，甚至用華語唸還比較順。個人難以苟同那樣的好詩。

圈內圈外一直有「有臺語無文學」、「有文學無臺語」的齟齬。這是書面語發展過程複雜的問題，展現語際權力關係的顯例，在此不便深論。攸關編務的是，針對「著來著去」、「嗎來嗎去」等同化語法，為了突顯詩選的教育功能，在本卷漢字、羅馬字改寫過程，一律回歸臺語文法，請詩人、讀者諒察。詩好還是好！至於何謂「著來著去」、「嗎來嗎去」同化語法，還請堅守教育前線的臺語老師「開破」、解說、啟蒙。

廣義鄉愁詩，確實是本卷多數。地方政府出版的文學讀本突顯地方特色，特意甄選「鄉疇」詩，也自然而然。更何況詩人念鄉、愛鄉，個個寫過鄉疇、訴說過鄉愁，情真，好詩也多。本卷的故鄉書寫之例：吳新榮，〈故鄉 ê 輓歌〉；鄭兒玉，〈流浪海外臺灣人 ê 心聲〉；莊柏林，〈故鄉 tī 遙遠 ê 夢中〉；林佛兒，〈牛犁陣歌〉、〈布馬陣〉；胡民祥，〈臺灣製〉；許正勳，

〈寒天 ê 暗暝〉；吳夏暉，〈血跡〉；王宗傑，〈故鄉 ê 詩人〉；董峰政，〈阿媽 ê 身份〉……陳雷、吳南圖、黃勁連、王明理、李文正等人思親寫家的作品，林文平、陳金順等人的臺南地誌書寫、人物特寫，還沒算在內。

箇中，鄭兒玉、胡民祥出自海外台僑的視角，寫大鄉土臺灣，焦點放在臺灣人「身份」（identity）、放在國家「認同」（identity，同一性）。以胡民祥的〈臺灣製〉來說，其「身份認同」（identity）論述，乃基於作為對象的中國身份、中國認同。在這個脈絡，中國身份、中國認同作為臺灣人身份認同的對象，即差異（difference），稱「差異邏輯」。鄭兒玉的〈流浪海外臺灣人 ê 心聲〉，也可作如是觀、這樣來讀。恰巧卷中有兩首詩，其認同論述，觀點放在臺南內部；不管是臺南內部的地理、行政區劃，或者內部族群身份的探討，方向不同、理路一致：董峰政的〈阿媽 ê 身份〉拉出漢番差異、殖民者 vs. 被殖民者的差異戰線；吳夏暉的〈血跡〉，則開啟複數身份認同的可能性。

身份認同是複數的、多重的，或有優先性。從多元的身份認同觀，我們甚至可以進一步演繹、reading 吳新榮、林佛兒詩

的階級關懷（階級作為差異），乃至利玉芳、凃妙沂、王貞文的女性關懷（性別作為差異）。然而，這就是我們啟蒙的嗎？身份認同既可親又可怕，字面義是「同一性」，比「same/ness」還絕對、還「專制」，往往抹煞個別差異（differences）。點出問題、擺上議題，是教育起頭而已。

　　本卷特有「教育」意義的一首詩：方耀乾，〈Guán Tsa-bó-kiáⁿ ê 國語考券〉。教學傳統強調「標準」，與絕對化的「認同」一樣可怕。詩人反的非僅標準答案，更反標準答案所來自的「國」語教育心靈，百年盤據的集體惡靈。

　　我們要啟發「標準答案」外的思考，往「東」望，向「海洋」看：一反「蕃薯論述」，發表〈海翁宣言〉（李勤岸）；發現制式文學論所排除、不見的臺語文學、白話字文學，以及那一段文學史裡頭的人和遺產；天真之外，開始學習理解「異」教，學習理解苦難，認識白色恐怖（呂興昌、亞茱、許天賢、慧子、陳秋白）；試著理解不同族群（藍淑貞、黃阿惠、陳金順）；在快樂中，理解別人的「寂寞」（潘景新、陳建成、陳正雄、陳潔民、蔣為文、呂美親）；政治之外，多一些美學素養（張德本、慧子、王貞文），多一些文化建設思考（周定邦）。

重要的是，要從在地、切身、近處開始；身在臺南、「回到」臺南（杜信龍）。認識詩人，從本卷未收的臺語詩人開始！

漢羅合用文：作家的基本素養

更精確的說，臺語作家應具備的基本素養：漢字與羅馬字。漢字、羅馬字是現階段臺語表記的工具，其基本素養當然是一般人寫作、文學家創作要有的條件，就好像華語作家養成——應該說「前」作家養成的過程，要先認字；認字以先，要懂個反切或ㄅㄆㄇㄈ；有了語言基本素養，才能就此基本素養為基礎，學習當作家。

基礎之上，還有更高竿的「文學素養」（文學教育）。兩者不能偏廢。「有臺語無文學」即便為真，也不是「咱人話」（臺語）本身的錯，是咱「臺語人」的錯；也不是身為文盲的「咱人」的錯，是咱 gió-toh 臺語作家的錯；非貴氣作家的錯，是臺語文運動的錯；非集體運動的錯，錯在百年「管理」臺灣的政府，不給咱人話機會。民主的時代，有什麼樣的政府，往往有什麼樣的人民，環環相扣。我們都是罪人！

臺語落土八字命如此，咱人莫不該意轉心轉，「做」著改「命」（大環境），給咱人話機會，也給自己機會，學著怎麼讀寫咱人話——學習臺語漢字與羅馬字。

　　我們應該認清事實：我們都是文盲，臺語文盲。別以為我們略識之無，就能一揮而就，成全臺語文佳構。我們懂的是華語漢字抑或漢文（文言文）的「之無」，還不是臺語漢字。純就漢字（字形）論，台、華語同中有異。在相當比例的「異」當中，即是我們應該認清的第二個事實——有音無「字」，「書同文、言殊方」千年大格局的產物，亦即漢字無法完全表記臺語的歷史現象。漢羅合用文應運而生！

　　本卷採用的書面表記方式，就是漢字、羅馬字夾用的「漢羅合用文」，簡稱「漢羅」，與「全漢」、「全羅」相區分。漢羅的表記方式，問題還是很多，在此僅能簡單交代本卷改寫過程漢、羅選擇的大原則與理想。

　　在漢字與羅馬字的關係分類上，漢羅合用文中的羅馬字，性質屬補足性的（supplementary）；漢字為主、羅馬字為輔；論字數，漢字多於羅馬字，有人主張七三比。或主張三七比，漢字三成、羅馬字七成，卻遲遲未見有人這樣寫，筆者稱漢羅

合用文的「終極版」。言下之意，目前的「七三版」漢羅，不就成了過渡性的方案？就筆者個人的理解，鼓吹漢羅合用文的論者，其主張確實有深淺不一的工具性色彩。至於要不要過渡向全羅、回歸白話字時代的「款式」，雖未言明，可想而知。蔣為文主張全羅、去漢，或可稱取代式的（superseding）羅馬字方案。不過，此種取代性方案，略異於白話字時代的「款式」。何謂白話字時代的「款式」？以教會為例，漢字（全漢）常常是白話字（全羅）之外的另一種選擇，表現在出版政策或出版經驗，往往是全漢、全羅對照（漢羅對照）；漢字、羅馬字互為另類（alternative）關係。

再者，在「全漢字作家」的書寫風格上，其表記方式則是全漢字，字詞或加注音；羅馬字放入字詞後面的括弧，或另立註解。此等「括弧」起來、「孤立」（獨立）的羅馬字，相對於漢字則是補助性、附屬性（auxiliary）存在，是注音的工具、符號，等而下之，不是「字」。

論「漢羅」的理論與實踐，王育德的系統性主張首開先鋒，陳雷、陳明仁的創作性實踐踵繼其後，相對不帶工具性、過渡性色彩。陳明仁的小說中，羅馬字應有三成，陳雷則介於

兩到三成之間。有人主張「三四成 á」是理想。都是約數，也只能是約數。這是漢羅合用文的限制，但未必是缺點。箇中關連臺語的文白音、假借（音讀）、訓讀（訓用字）問題，加上斷詞的考量，「理想」的漢羅比例就擺盪在七三比、六四分之間。

這「三」、「四」的約數來自漢羅合用文的「理想」原則：原假借字、訓用字捨而不用，改以羅馬字代替；文、白表記，由漢、羅適度分工；三者，介詞、連接詞等虛詞一部分寫成羅馬字；斷詞問題，單一「詞」彙表記，或寫漢羅、或寫全羅，不一而足。大費周章，目的在創造、規範一種「好讀」、易學，符合現代語文教育理念的臺語書面語——臺語現代文，適合教學的「標準臺灣語文」。

臺語現代文的主張，與羅馬字的維護、「保皇」無關，更與「語言拜物」無涉，是「集體性」掃盲的考量，不反對個人對漢字、對羅馬字的偏愛。

臺語漢字要繼續研究，「本字」也值得追求，然而不代表哪個音非寫漢字不可；某個音寫成羅馬字，也不表示漢羅主張者否認那個音確有「本字」可寫。

在這個大原則下，本卷將貴氣詩人驕傲的漢、羅表記，寫成通俗的漢羅合用文。

小結

臺語羅馬字的優點，某種程度來自羅馬字在視覺、字形上異於漢字。反之，同理。一般總認為，漢字無法完全表記是臺語的缺憾：「臺語 khiap-sì，有音無字！」殊不知，那是外部觀點，「他律」的標準。從臺語就是臺語的立場來看，有音無（漢）字是萬幸；咱臺語因此容有更大空間、自由，選擇適合自己的表記方式。或說漢羅合用文是「無伊 ta-uâ」（無奈）的產物，這種說法因此成了「siōng 無志氣」的運動理論。

臺語人認為漢字（羅馬字）好、漢字（羅馬字）美，這種「好感」、「美感」往往出自習慣。理論一點地說，在語言使用的過程，我們賦予漢字（羅馬字）某種價值（value）而不自覺，漢字（羅馬字）反過來宰制我們，我們再以一己的「堅持」、一己的漢字（羅馬字）觀強加在別人身上。這種情形，稱為「語言拜物」（linguistic fetishism）；重點在「不自覺」、習而不察，

把社會性建構、約定成俗（武斷）的東西，當作 natural、理所當然。也就是說，拜物批判不是要大家不要有任何形式的「好感」與「美感」，而是要大家對任何實體形式（e.g. 語言、商品）背後的「價值」建構，多那麼一點心眼。

1982 年，林亨泰曾經為林宗源出版不成的《根》詩集寫序〈國語與方言〉，發表在《笠》107 期（02.15，42-43），表達某種反拜物的語言觀：「國語之所以成為標準語，並非出自語言本身內在的自然發展，乃屬一種政策性的外在選擇」；「國語與方言之間是沒有甚麼優劣之差別的……」「林宗源、趙天儀、吳晟、向陽、陳坤崙、莊金國等人，他們都希望運用這些閩南語，能夠成功地從日常用語提升為文學用語……」還說《根》詩集，「可能是從未有過的以閩南語出版詩集的第一本」。

很簡單的一句：「語言本無優劣之別！」卻是《笠》打從創刊（1964.06.15）沒有過的「言論」！或許，笠詩人多有語言本無優劣的觀念，但縱觀 1964-1982 年間發表在《笠》詩刊的語言論述，多設定在中文內部「詩語言」（語言內部變體）的議題，絕少把眼光放到語際權力關係上。筆者因此推論，做出這樣的文學史判斷：此等缺乏語際權力關係批判的語言論述，很難帶

出集體性的臺語文學運動。笠詩人或笠詩人所代表的臺灣作家對母語文態度消極，這種現象在「心眼」之下，是看得出蛛絲馬跡的。

　　文學「美感」也是一樣，不容贅述。臺南市文化局積極策劃青少年臺灣文學讀本出版，比他縣市的同類叢書多了臺語卷，是有那麼一點「心眼」。本卷的出版，消極地搜羅過去臺南詩人寫的臺語詩，積極地賦予臺語詩某種「價值」，語言上的、美學（文學創作）上的價值。建構臺語文學本身的美學是理想，理想之外，像「臺語文學的美學是什麼」這種經驗性問題，就需要多方讀者的批判性「接受」、建構了。

　　本卷是有缺陷的。期待臺南的《臺語詩百人選》、《作詞人詩選》來日出版！

【作者簡介】鄭溪泮（1896-1951）

牧師，永康蜈蜞潭人。教內音樂家，兼中會、大會職，稱「政治家詩人」。長老教中學出身。1917 年台南神學校畢業，任歸仁北支會傳道（香果宅支會、紅瓦厝禮拜堂，1920 歸仁北教會：今歸仁教會）。1919 年封牧，轉任里港教會牧師（-1931）；1925 年創辦活版所醒世社（屏東），發行《教會新報》等白話字刊物及書籍，任主事兼白話字主筆。1931 年轉嘉義教會（東門教會）牧會 13 年；1944 年因白內障辭職。1946 年手術失敗，失明。1948 年第四子鄭泉聲自台灣神學院畢業，就里港教會傳道；申請同工牧會。期間發明改良式白話點字，編《點字聖詩》兩集、《聖經綱要》一本。1950 年在枋寮地利村水底寮教會牧會，是頭一個盲人專任牧師。著作：白話字長篇小說《出死線：上卷》（醒世社，1926）；下卷未出版，底稿毀於太平洋戰爭美軍轟炸。

1 創世歌謠

耶和華變神通，liap thô 做亞當

亞當睏重眠，抽 i 脇骨做夫人

夫人名夏娃，去 kap 亞當 tuà

Tuà tá 位？ Tuà 樂園

樂園真趣味，芳花果子滿滿是

Thit-thô 東，thit-thô 西，kan-taⁿ 一項 lín tioh 知

知 siáⁿ-mih ？

善惡果准 lín 看，m̄-thang 食，食--落 tō m̄ 好

魔鬼變蛇形，來到夏娃面前

招伊食禁果，ná 想 koh ná 好

伸手挽來食，koh pun 亞當兄

食--落-去心明白，tsiah 知是迷惑

日落山起涼風，上帝叫亞當

Siáⁿ 事走去 bih，食果子無守我規矩

上帝無歡喜

亞當 the 夏娃，夏娃 the hō͘ 蛇

上帝無歡喜，隨時譴責--i

蛇用腹肚行路

夏娃生 kiáⁿ 叫艱苦

亞當拖磨飽腹肚

——鄭溪泮作詞、吳永仁筆錄。2001.06.10《台灣教會公報》2571「父母話」（18）版

【導讀】

本詩可說是《舊約聖經‧創世記‧伊甸園章》的歌謠版。
〈伊甸園章〉約略是《創世記》第二章、第三章，不下千字，
巧妙塞進兩百個字的三五六七長短句唸謠。起自上帝捏土造亞
當（Man），再取亞當肋骨造夏娃（Woman: wo-Man），蛇引誘

初嘗禁果，眼開，明善惡、知羞恥，終於上帝咒詛蛇、夏娃、亞當。上帝讓亞當、夏娃穿衣服，把他倆趕出伊甸園，就不在唸謠之中。真是「唸謠」！此詩發表於《台灣教會公報》2571期（2001.06.10）「父母話」版，署吳永仁的名字，稱：「50外冬前阿母教ê歌謠，taⁿ寫出來記念--伊。」「賴永祥長老史料庫」網站轉載此詩，稱鄭溪泮原作。此詩具民間文學口傳特質，何其有幸，找到作者，一經寫定，發表出來，成了「作家文學」。

【作者簡介】賴仁聲（1898-1970）

本名賴鐵羊、筆名守愚，生於台中北屯犁頭店庄（田心仔）。長老教中學、台南神學校畢業；c.1927-1928，1929 日本聖潔教會系東京聖經學院進修。曾任南部大會倍加運動委員會專任幹事、台中中會議長（1954-）。牧會經驗舉例：楠仔坑（1924 封牧）、豐原（1928）、柳原教會（1933）；戰後，清水、二林（1953）、白河（c.1960）、萬豐教會（1962-1968 退休）。擔任聖潔教會（聖教會）「福音使」的經歷，少人提及：苑裡（1929）、台中（1930-1931）、佳里聖潔教會（1932）。稱白話字小說最多產的作家，序言或記本上開教會書齋：《阿娘 ê 目屎》（1925）、《刺 á 內 ê 百合花》（1954）、《疼你贏過通世間》（1955）、《可愛 ê 仇人》。譯作：台灣宣道社，《懷德輝 ê 傳記》（1955）、《上帝 ê 奴僕宋尚節博士》（1960）。小說散章、改寫版、新版、復刻本從略，大有資格出版全集。

2　湖邊蘆竹

加利利海湖邊蘆竹

枝葉茂盛青綠。Ah！

可惜--ah！風忽然起

蘆竹受傷險 tsih

受傷蘆竹，主照顧無 at-tsih

你 thang 安心，主也顧你無離

世人宛然蘆竹情形

有時平安心清。Ah！

可惜--ah！禍忽然到

險絕望目屎流

受傷蘆竹，主照顧無 at-tsih

你 thang 安心，主也顧你無離

受過風雨湖邊蘆竹

Beh koh 茂盛青綠

你雖受苦，也有時過

主 beh 賜福加倍

受傷蘆竹，主照顧無 at-tsih

你 thang 安心，主也顧你無離

——1925 賴仁聲作詞、鄭溪泮作曲
　*1926.10.08，鄭溪泮《出死線：No.1》（屏東郡：醒世社）：180
　*1961.04，《活命 ê 米糧》38
　1997.07，鄭泉聲《活出信仰》（台南：人光）附錄：294
　1998 新聖詩 II、2009 新聖詩 no.600

【導讀】

　　本詩是賴牧師的亡妻詩。今官版《新聖詩》第 600 首，詩題

「佇加利利湖邊蘆竹」。官版詩題、詩句不是「修訂」得不好，為了紀念詩人從原版：1.〈受傷 ê 蘆竹〉，作曲人鄭溪泮將其寫入小說《出死線：上卷》(1926)第 34 回〈冒險過死河〉；2.〈湖邊蘆竹〉，《活命 ê 米糧》38 期（1961.04）連載守愚小說〈Só͘ Ǹg-bāng ê Kiáⁿ〉到第 13 節〈艱苦有時過〉，改題、加詞第三段。

全詩典用舊約「解放之書」《以賽亞》42 章 3 節：「受傷 ê 蘆葦，伊無 at-tsih，beh hua ê 燈火，伊無拍熄；伊照真實，將公義傳播。」建議走進《出死線》小說的「寓言」世界，讀此詩，不要再出來：真聲牧師騎腳踏車，越利高山到高舞庄（楠梓）找西文先生，巧遇先生娘產褥熱，難產死。過幾個禮拜，西文寄悼妻慰懷詩作〈受傷 ê 蘆竹〉，要真聲校正、「做調來和」，即〈湖邊蘆竹〉。

【作者簡介】吳新榮（1907-1967）

生於鹽水港廳漚汪堡將軍庄（將軍區將富里）；字史民，號震瀛、兆行，晚號琅琅山房主人。1925 年負笈東瀛，先後畢業於金川中學校（1927）、東京醫學專門學校。東醫在學期間，參加東醫南瀛同鄉會、東京里門會，倡組「拾仁會」，創刊《蒼海》、《南瀛會誌》、《里門會誌》。1932 年 9 月學成返台，與毛雪芬完婚，後繼承叔父吳丙丁的「佳里醫院」，定居在佳里街。戰前主導「鹽分地帶文學」與台灣文藝聯盟接軌，先成立佳里青風會，後組台灣文藝聯盟佳里支部。1942 年毛雪夫人辭世，寫〈亡妻記〉；1943 續弦，與林榮樑結婚。於 1947 年二二八事件、1954 年白色恐怖期間，兩度入獄。1952 年台南縣文獻委員會成立，就委員職兼編纂組長。除生前唯一出版的個人著作《震瀛隨想錄》（1966），手稿、日記於身後 40 年經張良澤等人逐一整理、出版。

3　故鄉 ê 輓歌（讀地方音）

同胞--ah！

Lín m̄-thang bē 記 lín ê 少年時

Tī 月娘光 iàⁿ-iàⁿ ê 前庭

看兄嫂、小嬸 teh 舂米

聽 he 原始時代 ê 古詩

Tsit 時--leh

各地 tảk 庄 to 有舂米機器

日日夜夜 teh tân 聲哀悲

Ah，ah！Lín 看有幾人餓 beh 死

Lín 看有 juā-tsē 人白吞蕃籤枝

兄弟--ah
Lín káⁿ bē 記 lín ê 後壁宅
蕃薯收成萬斤米萬袋
前季自用後季賣
年冬祭季樂天地

Tsit 時--leh
登記坐證屬別人 ê
稅金 m̄ 納不准你動犁
生死病疼不管你東西
Áh háⁿ áh 罵講 tse 是時世

——1931.11,《里門會誌》創刊號
    1966/1978,《震瀛隨想錄》(佳里：瑚琅山房)
    * 1981.10,張良澤主編《吳新榮全集1：亡妻記》(遠景)：13-14
    1982.05/1997.07, 3P《廣闊的海》(遠景)：33-34
    * 2007.03.15,呂興昌編註《吳新榮選集1》(南縣文化中心)：51-52
    * 1997.06.15,《菅芒花開：菅芒花詩刊1》(台南：台江出版社)：10-11

3　故鄉 ê 輓歌（讀地方音）

43

【導讀】

　　本詩有好幾版，原用漢字略異。詩人要讀者讀「地方音」，套台語詩認定標準「作者意圖」說，權稱台語詩；則原用漢字詞彙就須「訓讀」，又因台語、「（中國）白話文」語法兩異，訓讀尤不足，詞句位置不得不「小徙--一-下」，幾近翻譯。菅芒花詩刊 1《菅芒花開》（1997.06.15），登黃勁連順稿的〈故鄉兮輓歌〉，就是「準翻譯」。本卷取各版之長，又要保原稿風貌，將其改成「漢羅合用文」。都說詩人有左翼思想，詩為左翼文學，固然不錯。就詩論詩，社會詩、社會寫實作品也可以是自由主義者，或右派人道主義者筆下產物。本詩左翼最顯明的特徵，在於詩人看農村問題，不僅僅著眼於「個人」，也關顧「人」以外、現象背後現代化變遷、政治制度等結構性因素。

【作者簡介】鄭兒玉（1922-2014）

牧師，東港人。日本京都同志社大學文學部畢業；芝加哥 McCormick 神學院神學碩士；瑞士日內瓦大學普世教會研究所、德國漢堡大學神學院研究；台南神學院榮譽神學博士。台南神學院教授退休。曾任長榮中學駐校董事、倫敦世界基督教大眾傳播協會中央委員、長榮大學兼任教授、台南師範學院特別講座教授。信仰與教制委員會主委任內，負責撰擬〈Sìn-gióng Kò-pėk〉（信仰告白）草案，經總會核定通過（1985.04）。戰後詩作不斷。學術著作除外，詩歌集：單曲歌本，《流浪海外台灣人的心聲》（紐約：WUFI 等出資發行，976.02.28；人光，1992）、《台灣翠青》（望春風，2002；教會公報，2010）、《台語押韻啟應詩篇》（人光，2002/2006/2010）。台、華語文集：《鄭兒玉牧師紀念專刊》（高羅會、台羅會，n.d.[c.2002]）。

4　流浪海外台灣人 ê 心聲

台灣人 ê 哀歌

Guán tuì 台灣出外流浪 tī 異鄉

一下想 tiȯh 美麗故鄉

目屎 tō 流，無 tè 投

只有哀傷，悲傷心情歹形容

日月潭，台南府城

阿里山 kiong，taⁿ 故鄉失落 tī 欺負--guán ê 人手中

祖公來台，一代一代做人奴才

Guán tsit 代 hō͘ 人欺負 koh-khah 慘害

先知 ê 呼聲

台灣人！台灣人！Siáⁿ 事 iáu-kú 靜靜憂愁
Tio̍h 起--來！ Khiā--起-來！爭取自由！
台灣人！台灣人！Siáⁿ 事 iáu-kú 躊躇驚惶
結--起-來！合--起-來！獨立拚命！
M̄-thang koh 做二等國民
M̄-thang koh 做二等國民

台灣人 ê 祈禱

Guán ê 主--ah！我 teh 喉叫 ná 對深坑
Hō͘ guán liâm-piⁿ 出頭天，出頭天
Tio̍h hō͘ guán 台灣人早日出頭天
Tio̍h hō͘ guán 台灣人早日出頭天
出頭天！出頭天！

——1975.06，黃弓蕉作詞、洪蕃薯（林千千）編曲

1975.07.04-05，美東台灣同鄉會首演
1976.02.28，正式發行錄音帶 kap 歌譜（New York）
* 1992.11.20，歌譜再版（人光），tī 長女「彭明敏教授回國感恩禮拜」首演
* 1992.11.22，《民眾日報》副刊「鄉土文化」（27）版
* 2002.09，吳仁瑟編《台灣翠青：基督信仰與台灣民主運動詩歌》：43-44

【導讀】

　　本詩最早發表的記錄：1975.07.05 在美東台灣人夏令會首唱，台下個個目屎 sì-lâm-suî（淚流滿面）。隔年，在紐約發行錄音帶及單曲歌本（洪正幸策劃、台獨聯盟等出資發行）。作詞、編曲者化名：黃芎蕉（鄭兒玉）、洪蕃薯（林千千）。

　　詩歌為什麼引起震動？這是一個很複雜的閱聽、接受（reception）問題。詞（詩）用原曲：義大利民族音樂家維爾第 Giuseppe Verdi（1813-1901）的歌劇《Nabucco》「流浪者大合唱」（Va Pensiero）一段，典自《舊約‧詩篇》137 篇。反正，詩人的創作動機、設計，就是把被擄為奴的猶太人，跟有家歸不得的海外台灣人想在一起。感動嗎？「聽」聽看！

【作者簡介】高俊明（1929-）

府城人。東京青山學院中學部肄業；戰後轉讀長榮中學，1949 年畢業。台南神學院戰後第一屆畢業生（1953）；畢業後，志願擔任原住民巡迴傳道 4 年。1957 年應聘擔任玉山聖經書院（玉山神學院）教員；隔年任院長（任期 13 年）。加拿大 McGill 大學、長老教會神學院聯合榮譽神學博士；南神榮譽神學博士。基督長老教會總會第 17 屆議長；擔任總會總幹事 19 年（1989 退休）。美麗島事件期間因案入獄（1980-1984）。松年大學總校校長、榮譽總校長。出版信仰散文、書簡、口述傳記、回憶錄、訪談錄多本。此外有一顆詩心，1960 年前後，在教會公報寫白話字詩歌體「題緣詩」。〈莿 phè hō 火燒〉獲 2006 金曲獎「傳統暨藝術音樂作品類」最佳作詞人獎。早年曾出版日文詩集：《牧場の哀歌》(1962)、《瞑想の森》(1962)、《サボテンと毛虫》(1995)。

5　13 年 ê 漂流——
玉山神學書院 ê 變遷

13 年 ê 漂流

6 位 ê 遷徙

Tī hit 時 guán 無 ǹg-bāng

Guán 無安慰

有時受棄 sak

有時受趕逐

親像路邊 ê 乞食

Á-sī 受傷 ê 野狗

總--是感謝主

I 收留--guán

Tī 受難節 hit 日

I tshuā guán 到 tī 鯉魚潭

Tō 是 guán ê 新校址

Guán ê 迦南地

Tī I ê 受傷

Guán 得 tiȯh 醫治

Tī I ê 死亡

Guán 得 tiȯh koh-uȧh

Guán 愛 15 甲 ê 土地

總--是 I 所 hō͘--guán-ê 是 28 甲

Guán 愛 100 萬 ê 錢

總--是 I 所約束--guán-ê 是 240 萬

實在--ah！

I beh hō͘ 流目屎 iā 種子--ê

出歡喜 ê 聲收割

I beh hō͘ hit ê

流目屎帶種子出--去

的確帶 i ê 稻把

歡歡喜喜轉--來

願 guán 無 giâu-gî I ê 慈愛

Tī 一切 beh 來 ê 大患難中

直到永遠

——1959.05,《台灣教會公報》845：8

【導讀】

　　1959 年 5 月出刊的《台灣教會公報》845 號「玉山神學書院紀念主日專欄」,登高俊明的〈山地 ê 哀歌〉、〈本院 ê 冥想〉、〈本院 ê 變遷〉、〈本院 ê 朋友〉,公報主筆稱「詩歌 ê 體」。本卷選入第三首,首句為題:「13 年 ê 漂流 / 6 位 ê 遷徙」,指玉山神學院歷經 13 年 6 次遷校,終於落腳在花蓮壽豐鄉的鯉魚潭畔。本卷編者稱「題緣詩」,在於詩人系列「詩歌體」作品,乃為玉神建新校募款而寫。本詩內容直白,不由分拆。

　　題外話,說詩人的身份:1978.02-03 海外台語刊物《台灣語文月報》9-10 號,刊登一首方青(陳清風)台語翻譯的日語長詩〈光明--ah,台灣所向望--ê!〉,作者夏椰子即高俊明。

【作者簡介】莊柏林（1932-2015）

學甲人。台灣大學法律系畢業；日本明治大學民事訴訟法研究。執業律師。曾任台灣高等法院
檢察官，兼警大等校教授、笠詩社社長、考試院典試委員、司法院審議委員、國策顧問。曾獲
鹽分地帶新文學貢獻獎；台、華詩合集（TH）《火鳳凰》（1995）獲第二屆南瀛文學新人獎。文學
著作：台笠，《西北雨》（1991）、《苦棟若開花》（TH，1991）、《火鳳凰》（TH，1994）；台南縣政府，
《莊柏林台語詩集》（1998/2001）、《莊柏林詩選》（TH，1998）、《故鄉的形影》（TH，1999）、《莊柏林
散文選》（2000）、《采莊詩選》（TH，2005）、《莊柏林散文詩集》（2010）；真平，《鄉愁之歌》（TH，
2001）、《莊柏林台語詩選》（2001）；《莊柏林短詩選》（香港：銀河，2002）；《莊柏林詩集》（春
暉，2007）。詩譜曲是另一類創作方向，灌 CD 多輯、出版曲譜多本。

6　故鄉 tī 遙遠 ê 夢中

故鄉 bat tī hǐng-hīng ê 夢--nih

幾 ā pái 夢見

急雨 siak tī 故鄉 ê 窗 á

也 tiȧp tī 我 ê 面

田嬰徘徊 tī 厝頭前

有時 ȧh 歇 tī 我 ê 頭殼頂

Sì-kha-á teh 叫 tī 田岸邊

有時也 tī 五間後

故鄉 bat tī hǐng-hīng ê 夢-nih

沉默 ê 山
厚話 ê 海
溫柔 ê 霧
變化 ê 雲
情 sio 連
心 saⁿ 牽
Án 怎編織故鄉 ê 美夢

故鄉 bat tī hǐng-hīng ê 夢--nih
五更暝一粒星
Teh 看 tit-beh 落海 ê 月娘
Kā 日頭 āiⁿ 上山
面對田水 kha-tsiah ǹg 天
甘蔗甜 tī 心肝頭
蕃薯芳 tī 鼻 á 內

故鄉 bat tī 遙遠 ê 夢中
五分 á 車送走

Hng--a ê 童年

Hit 時有雨有詩

雨 ê 終點

是 hn̄g-hn̄g ê 玉山

詩 ê 起點

是 hn̆g-hn̄g ê 思念

—— 1992.11.07，《自立晚報》

1994.08，《火鳳凰》（台笠）：92-93

＊2001.10，《莊柏林台語詩選》（真平）：84-85

【導讀】

　　本詩末四行是全篇警策：「雨 ê 終點／是 hn̄g-hn̄g ê 玉山／詩 ê 起點／是 hn̆g-hn̄g ê 思念」。鄉愁是這首詩的起點，詩因家鄉起筆；擴大言之，故鄉是詩人創作靈感的源頭。至於雨的終點，為什麼是遙遠的玉山？想是水的樣態變化，讓詩人的創作邏輯，合情成其合理：故鄉雨打在我臉上，落地隨流，或蒸發，或入海再蒸發，成雲，最終飄到象徵台灣的玉山頂。巧化家思為國愁，想必是詩意終點。論全篇，前三段盡是淺顯延緩

的白話，有了這四行佳句，全篇就有了詩的張力，語言 style
之間的層次張力。

【作者簡介】林宗源（1935-）

府城人。台南二中榮譽校友。第十五屆日本前橋市世界資源大會榮譽文學博士。曾任現代詩
社、林家詩社社長，台展會會長；笠詩社、台灣筆會成員或兼理事。現為台文筆會會員。1991年
出資發起、成立蕃薯詩社，發行《蕃薯詩刊》全7期（1991.08.15-1996.06.10）。1994年與莊柏林、黃
勁連等人發起、舉辦第一屆南鯤鯓台語文學營，宗旨是繼承1930年代的台灣話文運動，鼓吹
「嘴講父母話、手寫台灣文」。已出版詩集《力的建築》、《食品店》、《嚴寒·凍え死なぬ夢》、
《補破夢》(1984)、《力的舞蹈》、《濁水溪》、《林宗源台語詩選》、《台語讀物：福佬話》、兩版《林
宗源台語詩精選集》、《咱愛行的路》、《林宗源台語詩選》、《無禁忌的激情》、《我有一個夢》、
《林宗源集》、《府城詩篇》；論集僅一本《沉思及反省》(2011)。稱得上是專業詩人。

7　偷走轉--來 ê 日子

Guán ê 府城，guán ê 厝

轉--來，bih 前 bih 後轉--來

轉--來，看時看天，轉--來

Guán ê 厝，guán ê 城市

別人疏開去內山

Guán 到 guán ê 魚塭

Ta̍k 日思念 ê 故鄉

Ta̍k 日 tī guán ba̍k-chiu 前 ê 故鄉

Ta̍k 日看 i 火燒 ê 故鄉

Khû tī guán ê 土地 hō͘ 人 tsau-that

Guán 坐牛車轉去搬 ke-si

空空 ê 城市

生份 ê 府城

臭荒 ê 街路

Sì-kè 有戰車坑

Tiām 靜 ê 城市

生疏 ê 府城

有 1 千外 ê 平民 ê 鬼魂

無看見半 ê 人影 ê 城市

1 隻狗佔領無人 káⁿ tuà ê 荒城

幼 tsíⁿ ê 心靈感受陣陣 ê 鬼氣

Ná 像行入鬼域

行入死 ê 都市

走入地獄

地獄，地獄

無人肉 thang 食 ê 狗

Sán-pi-pa ê 狗佔領 ê 地獄
幼 tsín ê 心靈感染陣陣鬼氣

拍開 guán 厝 ê 門
竟然 iáu 有賊 á kha 印
用白粉筆畫 ê kha 印
我看見上帝
Tse 是 1 ê iáu 有法律 ê 城市
M̄ 是狗 ē-tàng 佔領 ê 城市

Guán ê 城市，guán ê 厝
轉--來，bih 前 bih 後，轉--來
轉--來，看時看天，轉--來
Guán ê 厝，guán ê 府城

──2014.04.19，《台灣文藝》2：11

【導讀】

　　1945 年 3 月台南大空襲,「側」寫於囡仔人林宗源、文藝青年葉石濤老來追記的小說或台語詩;對比「日本空襲台灣」的常識性認知,彌足珍貴。「偷走轉--來」有兩義:一則躲空襲、「疏開」,從疏開地偷偷跑回市區老家的意思;二,全篇出自小孩觀點的記憶性描述,想當年,那是一段「偷走轉--來 ê 日子」。詩人一向主張白話,堪稱台語詩「白話論」的代表性人物。斷垣殘壁,一經詩筆,成了沒半個人、「一隻」狗佔領的府城,有「一千個」平民鬼魂遊盪的府城。從地獄中,「看見上帝」!詩味俱足。

【作者簡介】吳南圖（1938-）

佳里人；吳新榮三子。國防醫學院醫科畢業（1967），曾服務於陸軍第四總醫院外科及骨科，新生醫院一般外科退休醫師。1960 年佳里醫院結束，吳新榮轉與他人合開「新生聯合醫院」，後又獨立經營；1967 年更名為「新生醫院」；1977 年，由回鄉的吳南圖擔任副院長，以至退休（院長是二兄吳南河）。2004 年 4 月，在《台灣文學評論》第 4 卷 2 期發表〈春天怎會赫呢寒〉；隔年 2005 台語文學學術研討會，研究小說的吳達芸教授發表長文〈論後母形象及一種台語文學的閱讀模式：以〈春天怎會赫呢寒〉為例〉加以評論，稱「詭異性」、「曖昧性」散文，可見他一出手就有明顯的企圖心。近期詩文多發表於《台江台語文學》。作品未結集出版。

8　來到有緣 ê 所在

親 tsiâⁿ 五十聲聲喊

Taⁿ 來--a，Taⁿ 來--a

Uâⁿ-á，uâⁿ-á

Gún hē 力 kā 唱歌

Tshuì-á 開 kah tsiah-nī 大

嚨喉鐘 á 現現看

阿爸牽 gún ê 手來作伴

Gún tō 放心安穩 tiām-tiām--lah

早前阿姐 tsiàp-tsiàp 叫 gún 奶 á 名

Gún 足 kin-tsiâm kā 茶 kó͘ 隨身 tsah

Ta̍k-ê lóng 笑 bi-bi 來依 uá

Tshuì 笑目笑 gún 阿媽
假 khâm 嗽細說輕聲
M̄-thang kā 嬰 á 拍青驚
惜--a 惜 sio-kâng 是 siùⁿ 龍 ê kiáⁿ
面路親像 siáng
仁慈 ê 目神親像阿娘
Ian-tâu ê 面形親像阿爹
阿公號 gún 漢文 ê 名
Gún ē kā 伊 ê 真意 khǹg 心肝
阿公 kā gún ê 心意 the̍h 來寫
用阿媽 ê 話 kā 唸出聲
Hō͘ gún gín-á 序細 lóng 知影
母語 m̄-nā suí koh 好聽

──2013.05.05，《台江台語文學》6：170-171

【導讀】

　　詩與家譜、〈春天怎會赫呢寒〉並讀：詩人 Nanto，父親（阿爸）是吳新榮，阿姊 Judy，吳朱里；阿媽，張實；阿娘，毛雪（芬）；阿公，漢詩人吳萱草。如此一讀，歷史的 credit 彷彿整個灌進僅能「擬真」的詩裡，文學於是重了起來。如此一讀，一家子和樂溫馨的圖像更顯具體、動感，七十年如在眼前。

　　論形式，詩人下筆「因韻起句」，具歌謠氣、童詩味，訴諸童稚觀點、口氣，回憶自己的降生 —— 來到這個有緣的「家」。結論，母語傳承。莫是整個家族的記憶，是用母語 tshiâⁿ-keh 出來的！

　　附帶一提：嬰仔隨身帶小茶壺，是民俗，還是個人習慣？又，「嬰á」（嬰兒），在祖輩嘴裡可以叫上一段很長的時間，十六、七歲還被叫「嬰á」的例子所在多有。有影「suí koh 好聽」！

【作者簡介】杜英助 (1939-)

牧師,新港人。台南神學院道學碩士。初中開始做文字傳道,將白話字刊物《活命ê米糧》、《家庭ê朋友》講章翻成中文,寄給香港的《生命雙月刊》。長榮中學在學期間,主編《鐘聲》月刊。1967年南神大學部畢業,受派至教會公報社當編輯,間或參與《女宣》月刊編務;後轉任長中35年,主編《母校長中》(後身刊物《長榮學園》總編輯);2005年6月校牧退休。
譯作《台灣慣俗與民間傳說》(教會公報 KP, 1968),底稿為《Ki-tok-tô kap Tâi-oân Koàn-siòk》(KP,1956/1995, 4P),論者稱「白話字末代作家」,可見其過渡性。翻譯和中文著作是作家類型的特徵:《聖地實蹟精覽》(台南:杜英助,1984)、《珍貴的回憶:長榮中學校長蘇進安博士卸任紀念輯》(杜英助、鄭加泰合著。長榮中學,2000);高俊明口述,《熱愛台灣行義路》(總會,2012)、《高俊明回憶錄》(前衛,2017)。

9　清靜 ê 早起時

清靜 ê 早起時,鳥隻出聲吟詩
地上充滿歡喜,歌聲清爽無比

恬靜 ê 烏暗暝,星辰燦爛滿天
顯出天父慈悲,hō 人曉悟真理

山--nih ê 百合花,茂盛開滿野地
日日發出芳味,播揚上帝恩義

上帝造 lán 極 suí,比花、鳥隻寶貴

Lán tiỏh 暝日 o-ló，傳播救主真道

——c.1960 白話字「聖詩園地」歌單

【導讀】

　　教內，詩、歌不分是傳統；此外，就是福音歌、見證歌之類的「七字仔」，或可唱不上譜。教外轟轟烈烈的現代詩運動，與教內無關。此詩發表於南神學生會刊物《牧笛刊》「聖詩園地」，時間約在 1960 年；編者所見，歌單而已，32 開 4 頁連張5 首歌，杜英助作詞、張剛榮作曲。本詩是其中一首，全羅馬字（白話字），無漢字對照，迥異華語全面掌管的時代教內出版的慣例。字面義曉暢：天父上帝造萬物；萬物是上帝無所不在的證據。神造人尤其可貴，咱人得日日夜夜思想、讚美上帝，為主作工。素樸近乎「純真」的想法，其實關涉字面外深沉的哲學性問題。

【作者簡介】陳雷（1939-）

本名吳景裕，麻豆人。1964 年台大醫科畢業。美國 Michigan 大學醫院實習醫師；加拿大 Toronto 大學免疫學博士。曾在加拿大 Ontario 開業當家庭醫師，已退休。1986 年 9 月發表漢字、羅馬字夾用的台語小說〈美麗 ê 樟樹林〉（美國《台灣文化》第 13 期）；1988 年 8 月出版華語長篇《百家春》（自由時代出版社），稱用「本地話」寫小說才真切，從此立定漢羅小說的創作方向。出版作品：合集，《永遠 ê 故鄉》（旺文社，1994）、《陳雷台語文學選》（台南縣文化中心，1995）、《陳雷台語文學選》（真平，2001）；《陳雷台灣話戲劇選集》（台中市教育文教基金會，n.d.[1996]）；長篇小說《鄉史補記》（開朗，2008）；2010、2013 開朗版短篇小說集 5 冊；中篇小說《最後 ê 甘蔗園》（島鄉台文工作室，2016）。

10　金山頂——探阿娘 ê 墓

近近是台灣 ê 雲

M̄ 是加拿大 ê 雪

炎日叫大海 iàt 風

青天欠別色 siōng suí

草木 sì-kè lóng 開花

山路細條無人客

已經一切無聲也無說

免 koh 畏寒驚霜雪

時間伴孤單經過

Tse 形影無人怨 tsheh

有看見一時海鳥慢慢 sėh

無聽 tiȯh 無停水湧 teh 講話

我手--nih beh 寫心悶 hit 2 字

一百回寫 bē 周至

我心內 teh 算 siàu 念 he 波浪

一萬年算 bē 好勢

—— 2001.10，《陳雷台語文學選》(真平)：29

【導讀】

　　破題兩行，就點出海外移民（台僑）的身份。詩人 1965 年出國，1985 年首次回台，時隔 20 年。時間是文學創作的張力，從創作面、閱讀面看皆然。好比台灣與加拿大的距離、雲雪氣候的異同。這就是「兩地」的意思。好比生死！詩人用簡練類歌詞的句子，寫乾淨、純色、大塊、野曠的墓地風景（第一段），再拉到時間意象，以個人的心情作結（第二段）。無從按算的時間！年歲算什麼？我的心有無從按算的「張力」，無以名之，只有「誇飾」！應該說，心情本來如此，誇飾自然而然。

【作者簡介】林佛兒 (1941-2017)

原名林不二，佳里人；筆名林白、鬱人。佳里興國民學校畢業。曾任皇冠出版社、王子雜誌社編輯；創辦大佛打字印刷公司、林白出版社（1968）、不二出版有限公司。先後創辦、主編《龍族》詩刊、《仙人掌》雜誌、《火鳥》雜誌、《鹽》月刊、《台灣詩季刊》。1984 年 11 月創辦《推理》雜誌，任發行人兼社長；出版個人第一本推理小說《島嶼謀殺案》（林白，1984）；對於「台灣推理小說第一人」過譽之稱，耿耿於懷。1988 年移民加拿大；1991 年創立加拿大華文作家協會，擔任會長。2000 年回台，在西港定居。曾獲救國團全國文藝大競賽小說銀獅獎、中國文藝協會文藝獎章、葡萄園詩獎、中國最佳偵探長篇小說獎、府城文學獎特殊貢獻獎。2005 年接任《鹽分地帶文學》總編輯，於任內過世，市政府頒授卓越市民獎，並出版《重雲》詩集（2017.05）。

11 台灣 ê 心（12 首之二）

牛犁陣歌

收成了後

Guán tàk-ê 來食拜拜

厝邊隔壁，三十六角頭

Lóng 總來金龍殿

Kuà 香

穿長衫馬褂

抹胭脂，做丑 á

鼓吹彈琴，搖搖擺擺

Guán tī hō͘ 人放 sak ê 民間

討飯賺食

Ai ai io͘，ai ai io͘，犁尾 uê……

布馬陣

來--lo͘h，來--lo͘h

今 á 日，是震興宮三年一拜大作醮--o͘h

知府騎柴馬來出巡

阿妹 á 拋車 lin

老漢車畚箕

拍鑼鼓，吹狗螺

鬧熱滾滾

散陣了後

民間藝人 1 ê-á 1 ê 轉--去

1 ê 1 ê kā 胭脂拭--掉

1 ê 1 ê 面肉青黃

1 ê 1 ê 換衫

1 ê 1 ê sán 枝落葉

Siáⁿ 人知心酸有幾斤重？

——1982.12，《笠詩刊》112：59-60

【導讀】

　　1982 年詩人於《笠詩刊》112 期發表「台灣的心」組詩 12 首，自稱「笠詩刊進入第十八年首次投稿」。詩題盡關乎地景，唯獨本詩以陣頭為名，卻也明指台南一地的廟會——金龍殿牛犁陣、震興宮布馬陣。詩短，當然負擔不起小戲諸元的簡介。牛犁陣：老公婆、三生、三旦、假牛、駛犁仔兄……布馬陣：騎馬狀元郎（知府）、馬伕、侍衛，外加所稱老漢、阿妹仔，角色遠比牛犁陣簡單。詩的任務，當然也不在此。組詩稱「抒情詩」；獨獨這兩首是台語詩，是戲劇性（敘事）來得強的抒「情」：詩人自述，或藉陣頭成員的假聲（persona），道盡底層趁食人物的心酸。1982 年，詩人的文學心思，真的變了！

【作者簡介】胡民祥（1943-）

善化胡厝寮人，本名胡敏雄。台大機械系畢業；Bucknell 大學機械工程碩士、紐約州立大學水牛城分校機械工程博士。2011 年在西屋公司退休。1980 年代前期用多個筆名在美《火燒島》等左派刊物、島內黨外雜誌發表文章，由台灣民族文學論導向「母語建國」的主張；1987 年 5 月發表第一篇台語小說〈華府牽猴〉（《台灣新文化》8），批判在美獨派當權者，署「李竹青」，可見其台獨左派立場。北美洲台灣文學研究會成員，編前衛版《台灣文學研究論文精選集》(1989)、《台灣文學入門文選》(1989)。黑名單，《台灣新文化》社務委員名單隱其名，與吳姓作家「藏名」動機大相逕庭。第一本台語著作舉例：《胡民祥台語文學選》（南縣文化中心，1995）；社論集《結束語言二二八》（蔡正隆博士紀念基金會，1999）；散文集《茉里鄉紀事》（開朗，2004）；詩集《台灣製》（開朗，2006）。評論，華、台語左右開弓，多冊結集。小說集《相思蟬》（島鄉台文工作室，2015）同步發行台灣版與美洲版。

12　台灣製

台灣製人講 MIT

M̄ 是馬州理工學院

是 MADE IN TAIWAN

台灣製真 gâu 走

走到美國賓州 ê 草地所在

Tī 1 間路邊 ê 小餐廳

MIT ê 刀 á、tshiám-á kap 湯匙

迎接台灣製 ê 我

台灣國民黨人講 KMT

I 無愛做 MIT

行到世界 sì-kè 摸鼻

Nā beh 通行世界

KMT ê 政權

Tio̍h-ài 換做 MIT

行出餐廳

看 tio̍h 火紅 ê 黃樹林

秋天滿山坪

天時來到

青天不在

TAIWAN m̄ 是 CHINA

緊穿 MIT ê 新衫

——1993.12.15，《台灣製：蕃薯詩刊 5》（台笠）：69
2006.01，《台灣製》（開朗）：32-33

【導讀】

　　台獨主題，從小小不銹鋼刀叉、湯匙都能「小題大作」，緊抓 MIT（台灣製）、KMT（國民黨）縮寫字形的異同辯證為詩：KMT，及其所代表的 CHINA（中華民國）走不出去，MIT、「台灣」世界拋拋走（sì-kè pha-pha-cháu）！立意清楚，無須贅述。考其消費意識變遷：經濟起飛期，「台灣製」常是相對於「日本--ê」等國家品牌的意涵；詩發表於 1993 年，經濟既已起飛，「台灣製」慢慢有了國際信用，海外台獨份子也與有榮焉；近年，台灣進口高度仰賴中國，賣場充斥中國貨，「台灣製」的信用、意涵「出口轉內銷」，普遍贏得國內消費者信賴，確實是針對「中國」的。倒有意思！

【作者簡介】潘景新（1944-）

原名潘勝夫。祖上為「熟番」，埔里烏牛欄（愛蘭）教會長執、教友；父親後定居二層行，是開業醫。1970 年代經營勝夫書局（高雄），印教科書、出文學集；後放棄寫作，1990 年代復出寫詩。台南二中校友，在校期間主編《南二中青年》，並對外發行 32 開騎馬釘月刊《暴風文藝》3 期、報紙型月刊《綠潮詩頁》約 2 期。2006 年 12 月 14 日寫台語詩〈當歸虱目魚湯〉；兩個月後發行《府城詩刊》（2007.02.28 試刊號；6 月正式創刊，09.25 出第二期後停刊）；2011 年 11 月 15 日再辦報紙型台語雙月刊《首都詩報》（總 19 期，-2012.11.15）。在學即以潘熙瀚、潘鑑等筆名寫華語詩，曾入選文壇版《本省籍作家作品選集 10：新詩集》（1965.10）。2010 年 11 月出版台、華語詩集《潮間帶》（台南市立圖書館）。

13 有一款等待——
送 Kāng 沿 ê 陳恆嘉

有一款不安

Tshak 破 tak 條血脈

連書寫 lóng 隱 iap 你 ê 名

你放手據在 Muse tsau-that

親像宇宙 hiah-nī 巨大 ê

孤單

有一款苦楚

無法度配 Heineken 吞落喉

親像掠狂　嘩笑 ê 海
Sán 抽 ê 肩胛　戰風車
戰困頓　m̄ 甘願
認輸

有一款清醒
親像港口 ê 燈塔
Uì 暗淡 ê 月暝射出
你 juê 一下陷眠 ê ba̍k-tsiu 窟 á
Àn-nāi 命運 kap 你 tsò-hué
歇睏

有一種等待
一群台語人　圍坐 tī 舊冊店
咖啡冷--去-ah　飄撇 ê 形影
Nah ē iáu-huē 來　知你 kap guán kāng 款
Ba̍k-tsiu 金金 leh 看　台語文學 ê
天光

——2010.11，《潮間帶》（台南市立圖書館）：52-53

【導讀】

　　詩人與知名作家陳恆嘉博士（1944-2009）同年，即副標題強調的「kāng 沿 ê」。詩是悼亡之作，於阿嘉過世（2009.02.25）後所寫。有個語境外的重點：當年，詩人在後驛（台南後火車站）前鋒路開府城舊冊店；阿嘉顧三頓，常南北奔波，舊書店於是成了等車、下車落腳的好所在。「等待」之說道盡阿嘉的人緣、習慣，以及詩人對阿嘉的認「同」。同是文學江湖客、落魄人，悼亡傷己而已。詩中適度融入歌名及傳主小說集的名稱，襯顯阿嘉好酒、愛唱歌、charisma（飄撇）的身形，還在等台語文學的天光！

【作者簡介】呂興昌（1945-）

彰化和美人。台灣大學中文系碩士。曾任成大、清華中文系教授、成大台文系系主任兼所長；在成大退休。天主教徒，與巫義淵、陳宏彰等人在教內鼓動台語文，主編《台南市中山路無染原罪聖母聖堂開教130週年紀念特刊》（聖母無染原罪堂，1996），多少記錄了這方面的事工。曾獲第九屆府城文學獎特殊貢獻獎、中興文藝獎章。治學甚勤，著《李白詩研究》、《司空圖詩論研究》（台南：宏大，1980）、《陶淵明作品新探》，後轉向台灣文學、台語文學、台語歌研究，著《台灣詩人研究論文集》（南市文化中心，1995）、選編《台語文學運動論文集》（前衛，1999）；整理林亨泰、楊熾昌、許丙丁、吳新榮、曹開、林修二等前輩作家全集或選集。大學時代即寫詩，台語詩文多發表於《新地文學》，或未發表；「為人作嫁」，無暇出版。

14　澄波先〈嘉義街外〉

1947 三月 25

銃子 tī 你 53 歲 ê 胸 khám piàng--過

Hit ê khang-tshuì

我 bak-tsiu 花

看 bē 詳細

M̄-koh 我 ê 心肝

Mā 是 bē 輸 thàng--過

疼，m̄ 是唯一講 bē 出 ê 話

出山 hit 一工

四箍圍 á lóng 是 gia̍h 銃 ê 土匪 á 兵

親 tsiâⁿ 朋友驚

閃 kah 離離離

青春 lian--去 ê 牽手

牽 3 ê 幼 kiáⁿ

Tuè tī 你 kha 尾

4 條薄 lì-sih ê 影

M̄ 知 beh 行入

Iah 是行出

你 32 歲〈嘉義街外〉hit 幅台灣美術 ê 記 tî

二排電火柱

幾間 á 人家厝

天 清 koh 青

路 光 koh 闊

人 leh 創 siáⁿ？

Kám m̄ 是 tú beh 拍開藝術 ê 現代化

你 ê ba̍k-tsiu

看過台灣

看過東京

看過巴黎

看過杭洲

心　柔軟

情　溫純

意　前衛

Kám m̄ 是 tng beh 將台灣 tshui-sak 去世界 ê 舞台？

是 án 怎 ē gîn 惡

死不眠目！

―― 2014.02.05

【導讀】

　　〈嘉義街外〉是陳澄波 1926 年入選帝展的畫作。權且把畫
題當詩題，把詩題簡省成畫題四個字。我們就是在看一幅畫。

畫是二度空間，一如舞台，三面牆堵著，四邊框圍著。看畫，就像在看戲。畫裡的色彩、風物，戲裡的角色、故事，照理說不會走下台前、溢出框外；同理，觀眾也不應走上台、混進畫裡，成為暗黑「歷史」的一部分。不過，詩人就愛出入歷史，操作今昔的張力：送葬行列，冷冷清清，未亡人牽帶著孩子，單薄的四條身影，猶豫不決，不忍走進父親、丈夫畫的嘉義市街，像詩人一時不忍心，不忍心走進畫裡，我們不忍心走進詩，遊過街的畫家不忍走進歷史……

【作者簡介】黃勁連（1946-）

佳里興潭仔墘人。嘉義師專畢業（1965）。後保送南師三專部、考上文化大學中文系；1973 年在中文系文藝組畢業。成功大學台灣文學系碩士（2010.04），論文《台灣褒歌的情愛書寫研究》。曾獲優秀青年詩人獎、南瀛文學獎、榮後台灣詩人獎等。現任《海翁台語文學》總編輯。曾任華岡詩社社長、《主流詩刊》主編、《金門日報》「詩廣場」主編、大漢出版社社長、台北漢聲語文中心主任、何嘉仁美語中心創辦人、《台灣文藝》總編輯、《蕃薯詩刊》主編、《菅芒花詩刊》指導、菅芒花台語文學會創會理事長、金安文教機構台語教材總編輯、《台江台語文學》編輯總監。資深作家、出版人，編著無數，單台語詩集就有《蟕蜅的哲學》（台華合集。台笠，1989）、《雞雞若啼》（台笠，1991）、《偎偎兮城市》（台笠，1993）等 10 餘冊。

15　蟋蟀 á

白露後，蟋蟀 á

Hō͘ 人 bē 記--得-ah

蟋蟀 á ah bē 記 tsit ê 世界

我 ê 番 á 火 kheh-á m̄ 知

小弟 ê 手 mā m̄ 知

阿公講 beh 去 瘄州 ê 路上

蟋蟀 á 一直吼叫

吼叫 hit 款 kan-taⁿ i

Ka-tī 知影 ê 哀愁

Beh 去塗州 ê 路上--ah
秋草 kâm 露水
Khi 頭 ê 墓牌伸手
Kî^n 滿天飛 ê 風沙
蟋蟀 á 吼 kah sau 聲

但是小弟 ê 手 m̄ 知
我 ê 番 á 火 kheh-á m̄ 知

Guán ta̍k-ê 猶原 m̄ 知影
Beh 去塗州 ê 路 juā-hn̄g
悲哀 ê 路有 juā-hn̄g
蟋蟀 á tī 草埔
田岸行踏 a̍h 吼 a̍h 哭
在地老天荒
Hō͘ 人 bē 記千古 ê 空茫

——2007.03《海翁台語文學》63：32-33
2008.08《塗豆的歌》(開朗)：12-13

【導讀】

　　詩人寫詩，有個主導手路——基於「重複」修辭格、綿延不盡的詩風：字、詞的重複，句或句型的重複，韻腳重複，詩節 pattern 重複，乃至「風格」重複……綿延不盡，恰巧營造詩人再現故鄉景、故鄉情那般地老天荒、「千古」空茫的感覺，詩友讀後知其然、不知其所以然的閱讀感受。以上概括，恰巧適用此詩：蟋蟀的叫聲，在兄弟養蟋蟀的火柴盒，在阿公去塗州賣鴨卵的路上，在你我讀者耳邊，重複叫著如詩般重複的聲音。詩人要營造一種印象，一種死亡印象，小孩子對死亡的印象，詩人想起小時候「阿公去塗州賣鴨卵」，那種不知感覺是感覺，悲哀的印象。

【作者簡介】許正勳（1946-）

原名許金水，七股台灣人。輔仁大學德文系畢業、政大教育研究所結業。新興國中英文老師退休。北北基、桃竹苗、台中市、雲嘉南、高高屏、花東、北加州台灣語文學校聯合會、僑委會等台語師資班講師。曾獲南瀛文學新人獎、府城文學獎「結集成冊」、南瀛文學創作獎現代詩優等。著作：華語散文，《園丁心橋》（南縣文化中心，1996）、《放妳單飛》（百合文化，2002）、《不是新聞：時事觀評》（百合文化，2003）；台語詩集，《阮若看著三輦車》（南縣文化中心，1999）、《鹿耳門的風》（府城台語文推展協會，2002）、《城市三寶》（南圖，2003.11；台南市台灣語通用協會，2004）、《孤鳥》（府城台語文推展協會，2010）；台語散文集《烏面舞者》（南市通用協會，2004）。

16 寒天 ê 暗暝

幾枝輕 báng-báng-á

稻草

Tsit-kuá ta 黃

樹葉 á

隨風飄零

Tshuē 無所在

安身 歇睏

1 ê 人影

Tuì 水銀燈下行--過

穿厚棉裘

戴 phòng 紗帽 á

頭 kiu-kiu

雙手插 tī 褲袋 á--nih

Ká-ná 1 粒 1 粒

Ta-pôo phōng 果

貫 kui kuāⁿ

塑膠做 ê 醮 á 燈

Tsiáⁿ 黃 ê 光

死 bái-á 死 bái

1 pha 接 1 pha

Sio 連 suà

牽 kah lò-lò 長

1 隻流浪狗

Kui 身軀 Phi̍h-phi̍h-tshuah

Phak tī

暗 sàm kē 牆 á kha

Bih 寒

寂寞孤單

霸佔 i ê 心

───2002.09，《鹿耳門的風》：108-109

【導讀】

　　爭取授權時，編者向詩人說了一句話：「正勳老師，tse m̄ 是你 siōng 好 ê 詩，m̄-koh 是我 siōng 有趣味 ê 1 首！」個別讀者最感興趣的一首詩！真的有意思，因為有靠山、有背景：台語散文，〈做醮〉，《咱的府城咱的夢：府城台語文讀書會文集1》（台南社教館，2002）。散文寫故鄉庄頭鬧熱，三年一科，做醮、請人客；高中生阿勳，趁寒天暝暗，畏畏縮縮，走向雜貨店，要去跟雜貨店老板添旺伯借錢、賒貨。詩，即未到店前所見，就是散文起頭三段的濃縮。宏觀地說，詩與散文有共同的後山靠背──七股區台潭里，舊稱大潭寮，詩人的故鄉。編者實地走訪過，也順利找到「不是」雜貨店老板的雜貨店老板，問了一下「金水--á」的事情。走讀，真正有意思！

【作者簡介】藍淑貞（1946- ）

屏東里港人；阿母是府城人。台南師專普通科畢業；高雄師範國文系畢業、國文所暑期班結業。
台南高商退休教師。1994 年參加台南市第四期台語師資班；1995 年寫台語〈祭母文〉。歷任鄉城
台語文讀書會會長、菅芒花台語文學會理事長、紅樹林台語推展協會創會會長；南一書局國小
台語課本主編；台南市本土教育推行委員、文學推行委員、《台江台語文學》主編；愛智圖書公
司「咱的囡仔歌」審定。2001 年與施炳華合編《逐家來學台語：基礎篇》（紅樹林台語推展協會），
此後語文教材成著作多數。創作集也甚可觀：台語詩集，《思念》（2000、2001 兩版）、《台灣囡仔
花》（春暉，2005）、《走揣台灣的記持》（南市文化局，2011）、《台灣花間集》（春暉，2013）、《網內
夢外》（南市文化局，2015）；台語散文集《心情的故事》（紅樹林，2009）。

17 美麗 ê 山谷

經過千萬年 ê 切割
經過千萬年 ê 雕刻
Tī 深山林內
創作出一 ê 美麗 ê 山谷
創作出真 tsē 美麗 ê 傳奇

羅木斯--ah 羅木斯
Tsia 是祖靈 ê 故鄉
Tsia 是鷹 á ê 故鄉
Tsia 是鳥 iah-á ê 故鄉

野百合滿山遍野生長

有巴冷公主 ê 戀情
有多納溫泉 ê 故事
Tng「黑美祭」ê 歌聲
傳遍每一 ê 山谷
「山中傳奇」開始流傳

長長長 ê 多納吊橋
Hāⁿ 過濁口溪頂
送走情人了後
戀情 iáu tī 橋頂徘徊
等待 i 平安轉--來

——2012.07,《有詩同行：莫拉克風災文化重建詩集》(高雄市政府文化局、INK)：196-197

【導讀】

　　2012 年高雄市政府出版莫拉克風災重建詩集，詩人特別寫了組詩參與其事，註明「八八風災三年」。組詩 5 首，唯獨此詩不見災後遺跡，只有魯凱巴冷公主的戀愛傳奇，彷彿祖靈，一直守護著祂的子民。時過境遷，唯獨愛情故事還在，過去在、現在，永在！茂林谷，魯凱語稱「羅木斯」，美麗山谷的意思；濁口溪流過其間，上頭掛著多納吊橋，巴冷公主送走情人，在橋上徘徊——是戀情，「戀情 iáu tī 橋頂徘徊」，等著公主和她的情人回來。民間故事「千萬年」不易，反映民間強韌的生命力！

【作者簡介】**吳夏暉**（1947-）

本名吳順發，白河人。嘉義農專獸醫科畢業。台糖公司退休；在職期間，為路邊社社長。1991年蕃薯詩社創社同仁。1962年即習作小說；1965年加入笠詩社。著有未出版詩集《語言的種種》、《詩說》、《悲情島嶼》、《故鄉的田園》、已出版詩集《域外的建築》（台南縣文化中心，1996）；另與張溪南合著《迴狩店仔口：白河記事》（南縣文化中心，1996）。《域外的建築》是1995第三屆南瀛文學新人獎得獎作品，亮點有二：台語詩與電腦詩。作者自述「寫作經歷」：美麗島事件後，遭烏樹林糖廠人二羅織，1980年2月28日正式封筆；1988年復出，詩風丕變，以電腦基本概念連結現實、批判現實。近年仍創作台語歌、詩；詩集待出版。

18 血跡

草地是 guán ê 血跡
離開 20 外年
Tsiah 想 tioh 故鄉 2 字
M̄ 知 án 怎寫

阿媽 ê 血跡 tī 關 á 嶺
大漢嫁 hō 阿公
好額人阿祖 in tau
變成伊外家
阿公 ê 血跡 tī 仙草埔

是 m̄ 是出世無 kâng ê 關係

阿公 ê 血跡
是阿母 70 年前 ê 血跡
一直 tuà tī 店 á 口草地
照顧 hit phiàn 山田
阿母讀過日本冊
M̄-bat 出外
知影故鄉是仙草埔

庄內 tī 店 á 口街尾
是阿爸 ê 血跡
48 年前來草地 hō͘ 阿母招
Tī 草地釘根
聽 tio̍h guán 兄弟細漢 ê 哭聲
阿爸講：I ê 故鄉是庄內

庄內 kap 仙草埔路 sio 黏

阿爸 kap 阿母結婚

店 á 口有 guán ê 血跡

Guán ê 故鄉是白河

白河 kap 後壁路 sio 黏

我 kap guán bó 結婚

台南縣有 guán kiáⁿ ê 血跡

店 á 口是 1 ê 生疏 ê 所在

Guán kiáⁿ 講：台南是 in ê 故鄉

故鄉！

你 ê 名字 beh án 怎寫？

——1996.06《域外的建築》：200-202

【導讀】

　　詩人自稱，1947 年 7 月出生於白河仙草里。仙草里，即詩中的「仙草埔」，位於白河「市區」（街á）邊的一個草地。「血跡」，一般稱「血跡地」，即華語「出生地」。詩人就用這首詩，談論「我是哪裡人」（故鄉）的問題。詩中提到直系血親，和幾個地名：阿媽、阿祖（外祖父），關仔嶺；阿公、阿媽、阿母，仙草埔（仙草里）；阿爸，庄內（店仔口街尾）；「guán／我」（詩人自己），白河（店仔口街／白河街仔）；妻，後壁；「guán kiáⁿ」（詩人的子女），台南縣；「guán kiáⁿ」的自我認同，台南（台南市／府城）。分類一直在擴大，肯定身份多重。詩簡單，反映的卻是複雜的身份認同問題。

【作者簡介】王宗傑（1950-）

北門人。前《菅芒花詩刊》同仁，現台羅會成員。台灣師範大學國文系畢業；台南一中國文老師退休。曾任台南市教師人權促進會會長；2002 年起，接台南市松柏學苑台語班、台語歌詩文學班講師，對跨語世代，對走過單語時代的老一輩乃至文盲，用母語喚醒他們畏怯的讀寫興趣，饒具心得。如此啟蒙過程，也是個人經驗。自稱學生時代寫過華語「m̄-tsiâⁿ」詩文，後繼無力；1993 年才又提筆寫第一首台語詩〈想我細漢ê同窗〉，發表在《自立晚報》副刊（1993.11.10）。作品曾獲 1998 年鹽分地帶文學營創作獎詩組第一名。出版台語詩集《鹽鄉情》（台南市立圖書館，2001.12）。

19 故鄉 ê 詩人

聽人講 guán
海口 ê 故鄉
月娘疼惜 ê 鹽埕
是詩 ê 土地

詩 ê 土地
有靈魂 ê 花蕊
詩 ê 土地
是元氣 ê 性命

初聽講起 guán 鄉
詩人你 ê 名字
心內懷疑
Tī 故鄉 ê 日子
Guán 鄉 ê 序大
Án 怎無人來提起

是 án 怎
自細漢讀冊考試
到離鄉 ê 日子
Guán 故鄉 ê 先生
無人講起你 ê 名字

聽講你 ê 作品
看--過 ê 人無 tsē
你 ê 詩篇
是 m̄ 是
Hōo 海風吹--去

吹去千萬里

沉 tī 深深 ê 海--nih

—— 2001.12，《鹽鄉情》（台南市立圖書館）：40-43

【導讀】

　　詩，鄉史的補記。故鄉，想當然是詩人的故鄉 —— 台南市
北門區、前台南縣北門鄉，或者說更早前的台南廳北門嶼支
廳……詩主題是「故鄉的詩人」，作者並未指名道姓。既是鹽
鄉，又怎麼會是「詩的土地」？莫非詩是鹽的隱喻，鹽是詩的
代稱？由鹽而詩，於是成了發現之旅、啟蒙過程，鄉史的補
記。語帶控訴！詩人到底是誰？詩人並未現身說法，詩句也沒
透露半點消息。是文本外、歷史內，單數「你」的王登山
（1913-1982）？日人時代鹽分地帶詩人群？戰後夥眾多數的文學
家？當然包括詩人自己！

【作者簡介】亞茉（1950-）

本名陳玉珠，華語兒童文學家——陳葵。1970年台南師專畢業。先後服務於台南聖賢國小、高雄岑洲國小；2000年於台南新民國小退休。1964年開始投稿。1977-1987年間得過洪建全兒童文學獎8次。退休前猶得獎無數，且不論；1978年起，出版少年小說、童話、兒歌、兒童歌舞劇、散文、繪本三十餘冊。退休後投入台語創作，曾獲文建會兒歌一百徵選優選、2009「綠島·和平·對話」詩畫徵集活動詩類優選，台南文學獎，2011年台語小說佳作、2014年台語小說優選、2015年台語散文佳作，暨2016年台文戰線文學 台語小說優選。台語作品待結集出版。

20 火燒島 ê 風

火燒島 ê 風

吹起 1 首歌

Guán tī 白 ê 海湧--nih

歌詞 beh án 怎寫

Guán m̄ 知……

手銬掛 tī 高音譜號 ê 位置

五線譜結滿鐵球 kap 鐵刺

堅凍 ê 喉音

親像海湧 tsing 石壁

Li-li-lak-lak

散做碎碎 ê 思念

心愛 ê 人

Kám 唱 ē 出希望 ê 夜曲

火燒島 ê 風

吹出 1 幅圖

Guán tī 烏 ta ê 石壁前

色彩 beh án 怎調

Guán m̄ 知⋯⋯

天頂 ê 雲

隨時 teh 變色

堅 phí ê 礁岩 bùn 出鮮紅 ê 血珠

彎 khiau ê kha-tsiah

親像彩筆 lak 毛變形

Lô-lô kô-kô

肩胛沉重 ê 無奈

心愛 ê 人

Kám 畫 ē 出青春 ê 美夢

──2013.06，《2013 詩行：台灣母語詩人大會集》：34-35

【導讀】

　　歌、畫作喻，寫綠島風物，寫火燒島的白色恐怖印象；既是實景，也是歷史。白色恐怖的那段歷史，於是成了綠島永不消聲褪色的印象、風景，詩人寫來，態度猶豫、不忍：歌詞不知道怎麼寫、顏料不知怎麼調，終究寫出、畫出游移不定的色彩、詩句，該當設問的「希望」、一直被質疑的「青春」；觀點落在良心犯身上，及「心愛的人」兩造生離等待的關係上。

【作者簡介】李若鶯 (1950-)

仁武人。高雄師範大學國文系博士，論文《唐宋詞欣賞架構研究》(1995)；該校國文系及華語文教學研究所教授退休。前《鹽分地帶文學》雙月刊（台南市政府文化局）主編，曾獲高雄市文學獎。學術方向，由漢詩詞轉向新詩研究，相關著作：《花落蓮成：詞學瑣論》（高雄復文，1992）、《唐宋詞鑑賞通論》（高雄復文出版、麗文發行，1996）、《現代詩修辭運用析探：現代詩探索系列1》（台南：火鳥，2002）。出版 2 本華語詩集，兼收台語詩：《寫生》（漢藝色研，2008.09），獲 2009 年台灣文學館主辦台灣文學獎圖書類新詩入圍；《謎·事件簿》（釀、秀威資訊，2016.05.09）。

21　Nā 是你 tuì 故鄉來

巷 á 口 ê kám-á 店阿婆是 m̄ 是猶原坐 tī 門口

Tī hit 隻烏金 ê 籐椅

笑 lih ê tshuì 唇金齒閃 sih

廟口是 m̄ 是足 tsē gín-á tī-hia sńg

縛紅巾 ê 大樹 kha khiā l ê 孤單 ê gín-á tám-tám teh 看

踢銅管 á ê 嘻嘩聲撞 tio̍h 天頂 ê 浮雲

流過庄頭 ê 溪水是 m̄ 是猶然有 sî-tsūn 漂浪 l 張題詩 ê 弓蕉葉

一束 lih--破 ê 批信糾纏 tī 岸邊 ê 水草

暗暝是 m̄ 是 iáu 有鬧熱 ê 秋蟲合奏

沉重 ê 洞簫 kāng 款擾人清夢

或者是

Kám-á 店關門 gín-á 無看影溪水 koʼ-ta

幽怨 ê 洞簫 kah tuè 歲月飄散

Tshun 落葉模仿 ê kha 嗽

Tsa 暝你 tī 電話中講 beh 順路來看異鄉 ê 我

M̄-káⁿ 問你 tuì toh 位來

Nā 是你 tuì 故鄉來

行李 kuāⁿ--ê 是風聲或者 thóʼ-khuì

是重 hàiⁿ-hàiⁿ ê 前塵或者輕 báng-báng ê 過去

Khiā tī 月台等--你

心情 tuè 來去 ê 車 lián 聲

Khi-khi-khòk-khòk

Nā 是你 tuì 故鄉來

我 tō ká-ná 聽 tio̍h 眠夢中思戀 ê 呼聲

Tō ē 轉去 khiā tī 廟口 hit 欉大樹 kha

手 gîm 1 枝 kám-á 店瓜瓣形 ê 粉紅糖 kâm-á

看人 khâiⁿ 一聲 kā 空罐 á 踢去天頂

過路 ê 風一時 lóng teh 拍 phók-á

Nā 是你 tùi 故鄉來 hǐng-hīng

我 tō ē 聽 tióh 阿母暗暝 kā 我 kah-phuē ê kha 步聲

Tō ē 鼻 tióh 阿爸種 tī 門口庭 ê 玉蘭芳

Tō ē

看見弓蕉葉 buē ta ê

青春 ê 墨跡

——2008.09，《寫生》（漢藝色研）：98-99
　　2016.05，《謎‧事件簿》（釀、秀威資訊）：138-139

【導讀】

　　本詩為鄉愁之作，全詩設問，詩中的「你」也就神秘了起來。「Tsa 暝你 tī 電話中講 beh 順路來看異鄉 ê 我」，第二人稱「你」似乎確有其人。但不管「你」是不是確有其人，在「你」（addressee）、「我」（addresser，詩中的說話人 speaker）溝通的語境，在文本中，在詩人「近鄉情怯」的語調經營裡，「你」漸漸被往虛構人物派，或者稱之為「神秘」。

三段論：記憶中故鄉的景還在？舊景不再？因為「你」的介入，故鄉依舊在，在詩人的腦海中、記憶裡。彷彿同是故鄉人，「你」也不甚了了這些事，是浪子？「你」、「我」之間隱含對話性，全詩就要動起來，但詩人呶呶自語，是「抒情」。

【作者簡介】許天賢（1951-2015）

屏東東港人。1979 年南神道學碩士班畢業，被派到白河汴頭里林子內教會牧會；後續任義光、萬榮華教會牧師、台南中會議長、總會議長、新樓病院院牧。美麗島事件發生後，12 月 23 日於林子內教會主持聖誕禮拜被補入獄三年（-1982.12.23）。詩人曾自況這三年中：「鄭兒玉牧師想盡辦法送了一本《聖經》進來給我，那本《聖經》我前前後後讀了五遍半，第六遍尚未讀完就出獄了。」獄中詩作、書信結集《鎖不住的心聲》（人光，1984.04），收錄台語詩 12 首；跨世紀出版新詩集《走過楓紅的季節》（人光，2003.12），兼收新舊台語詩 38 首，稱「帶聖神的監獄文學」。

22　主 Nā kap 我 Tâng 坐監

主 nā kap 我 tâng 坐監
我有 siáⁿ 驚惶
雖然孤單無伴，雲霧罩 uá
我心堅固無搖 tshuah
我信，我 o-ló，我感謝

主 nā kap 我 tâng 坐監
我有 siáⁿ 憂愁
I 知我 ê 苦痛，所受艱難
我心交託無 hiau 疑

我信，我歡喜，我唱歌

——1981.09.06，龜山監獄

1984.04，《鎖不住的心聲》（人光）：6

【導讀】

　　台、華語詩合集《鎖不住的心聲：許天賢獄中詩信集》（台南：人光，1984.04）收錄台語詩作 12 首，有三大特點：鄉土題材、「聖神風格」，而不論聖神風格或鄉土詩，皆出自歌謠體的形式，詩行、段落、韻式重複或諧韻，可上譜而歌。這首詩就是出之聖神風格的歌謠體，造句淺白。令人納悶的是，那心理底蘊，套哲學來說，是禁慾還是享樂的？淺白不白，張力就在基督徒寫詩，背後有整部《聖經》當典故。

【作者簡介】李勤岸（1951- ）

新化人，曾用「大目降」發表詩文；原名李進發，早年筆名為慕隱、牧尹。東海大學外文系畢業，夏威夷大學語言學碩士、博士。曾任《漢家》雜誌總編輯，《詩人季刊》社長、發行人，台灣母語聯盟、台文筆會創會理事長。歷任東華大學英美系助理教授、哈佛大學東亞系教授、台師大台文系教授兼所長；退休後，去國任澳洲國立大學教職，教台語。學術著作外，著有《黑臉》（1978）、《唯情是岸》（1985）等華語詩集，《新遊牧民族》（2001）、《哈佛台語筆記》（2007）等台、華語散文集，《咱攏是罪人》（2004）、《母語ê心靈雞湯》（2004）等台語詩集。編、著無數，台語文著作早超過華文著作，筆又快，一日內常態性寫詩，是相對專心的台語作家、專業詩人。

23　海翁宣言

Guán 無愛 koh 新婦 á 形

Ku-ku khiā tī-hia

講 ka-tī 是 1 條蕃薯

Hō͘ 豬食 koh hō͘ 人嫌

從今以後 guán beh 身軀掠坦橫

做 1 隻穩穩在在 ê 海翁

背 ǹg 悲情 ê 烏水溝

面 ǹg 開闊 ê 太平洋

Guán sió-khuá khiau-ku ê 形狀

M̄ 是 teh phāiⁿ 五千年 ê 包袱

是 guán beh kā ka-tī 彎做

希望飽滿 ê 弓

隨時 beh 射出歡喜 ê 泉水

隨時 beh 泅 ǹg 自由 ê 海洋

當 guán ê 生存 hō͘ 人威脅

Guán ē 用 guán 堅實 ê 身軀

Phiaⁿ ǹg 海岸

用 guán ê 性命

見證 guán ê 存在

——2001.02，《海翁台語文學》1：4

2001.07，《李勤岸台語詩選》（真平）：24-25

【導讀】

　　「蕃薯論」的反論述──台灣人的自我定位，或對這塊土地的形象把抓，由蕃薯而海翁（鯨魚），一樣是形似訴求，多的是我族精神認同的差異：揚棄穩忍、「新婦仔形」，由回顧或現狀描述，進而期許未來；從望北的朝貢觀點，轉向朝東開放的海洋精神，抹除消極、多了進取。

　　在文學史上，林宗源〈人講你是一條蕃薯〉（1977）更早就反蕃薯論，〈海翁宣言〉（2000）是再肯認，值得互讀。2001年2月，《海翁台語文學》創刊，拿這首詩當卷首；〈海翁宣言〉，因此是台語文學宣言。2003年前立委王幸男以此詩為主題，製作2004大型單張月曆海報，也值得記上一筆。名詩！

【作者簡介】張德本（1952-）

高雄人。成功大學中文系畢業。曾任高中教師，主編《前衛文學叢刊》（鴻蒙版），經營「筆鄉書屋」。現專事文學創作、批評、影評、藝評等跨領域整合研究。曾任國家文化藝術基金會文學、視聽媒體藝術類評審，北台灣文學營及鹽份地帶文學營駐營作家、講師，高雄市電影館企劃、影評人。2005年在高雄雲相空間策劃、主持「凝現台灣文學」十五場文學講座；參加第一屆高雄世界詩歌節。2006年應邀在溫哥華台加文化協會講述「詩的多面向世界」。2007年參加在高雄辦的台蒙詩歌節。2015-2017應邀參加福爾摩莎國際詩歌節。著有華語詩集、散文集、評論集，暨台語詩集《泅是咱的活海》（筆鄉書屋，2008）、2500行台語長詩《累世之靶》（台文戰線，2011）等十餘種。

24　文字 ê 船難

詩學 ê 理論講--過：
語言 ê 船
Ài 駛向意象 ê 世界
新 ê 美學
Tī 每一 ê 港口
迎接--你

文字 ê 船 beh 沉 tsìn 前
敏感 ê niáu 鼠 kui 陣 ē 先逃亡
在詩海文字 ê 船難中

文字 tuè 船沉入海底
倖存者真少數自救上岸
一無所有
Tsiah 成就可能 ê 詩人

—— 2016.01.06，《綠樹發滿潔白的語詞》（台灣文薈）：122-123

【導讀】

　　這是談論美學的一首詩 —— 以詩論詩，當然是詩人的文學觀。語言船、文字船是主比喻。船航向「意象世界」，航向詩海，彼岸即新美學。強調「創新」之意，溢於言表。問題是創新的過程，多船難，文字支離破碎，將隨遇險船隻沉入海底，倖存者少之又少，是真「詩人」。至於詩章用心，文壇泛泛的多，不乏鼠輩（詩、人），是針砭、是批判。作者曾以「執木為筏」自況，執文學的「浮木」為渡筏，不改其志；又稱，從未放棄過的文學創作，終究是「陸上行舟」。高調之外，也消極也虛無。特選這首「論詩詩」，讓大家思考何為社會詩學，何為唯美派詩論，與此詩又何干？

【作者簡介】利玉芳（綠莎，1952-）

屏東內埔客家人，嫁入下營 Hō-ló 家；現營白鵝生態教學園區，又是田媽媽下營鵝肉頭家娘。高雄商專畢業。笠詩社、《文學台灣》會員。曾獲 1986 年吳濁流文學獎、1993 年陳秀喜詩獎、2016年榮後台灣詩獎、2017 年客家貢獻獎。華、台、客語三棲，後出版華語詩集時多有收錄客語詩（Kh）或台語詩（T）：笠詩刊，《活的滋味》(1986/1989)、《貓》(1991)；《向日葵》(Kh；南縣文化中心，1996)；《淡飲洛神花茶的早晨》(KhT；南縣文化局，2000)；《利玉芳集》(KhT；台灣文學館，2010)；《夢會轉彎》(KhT；台南縣政府，2010)；《燈籠花》(KhT；釀、秀威資訊，2016)。詩人最初從散文入手，頭一本創作就是與王建裕合著的散文集《心香瓣瓣》(台南：龍輝出版社，1978)；又有作文班、兒童文學教學專業，出了幾本以下營、楊逵為主題的青少年讀物。

25　新結庄 á 印象──嘉義縣速寫

Uì 朴子嫁來新結庄

新娘 á beh 出庄

轉--來 bē 認得 ang 婿 ê tau

伊心內有數

沿路算第幾欉檳榔樹

新婦 uì Lȧk-kha 後頭厝倒轉--來

庄內 ê 紅厝瓦一排 koh 一排

Tiāⁿ-tiāⁿ 認 m̄-tiȯh khiā 家 ê 所在

了後　想辦法算棋盤

第幾條巷 á 第幾間厝

內山姑娘嫁 hō 海口侯--家做新婦
Ang 行 bó tuè 攪塗拌水做小工
日頭 kap 月娘是 ang-bó ê 青紅燈
雙溪 ê 水文文 á 流
財富 tàuh-tàuh-á 淹入庄
——2016.02,《燈籠花：利玉芳詩集》(釀出版)：146

【導讀】

出於相同的號名邏輯,台灣各地多有相同的地名。「新結庄」就是一例。台語文學中的新結庄有兩處。頭一個,大家都知道。陳明仁用整本小說寫故鄉二林原斗。今原斗社區的一個角勢橋仔頭,最初就叫「新結庄」,是福音庄,由基督徒新聚而成的鄉社,甘為霖稱「小天堂」。再來是本詩,以嘉義縣的「其中一個」新結庄(朴子市新吉庄?)為對象,作為速寫全縣的「換喻」,輕輕提起千鈞詩意、濃濃女性思考:查某人剛從朴子(街 á?)、六腳(鄉),從內山嫁來海口新結庄,外出回家,不認得路,得數第幾棵檳榔樹、第幾條巷、幾間瓦房,

才找到夫家；翁行某綴，兩人一心，起家，「財富淹入庄」。從地緣關係考慮詩中多個地名，詩人不單單在寫同一個新婦為合理；而且，詩過三節（詩三段），夫婦倆的大半輩子也就過了。詩筆！

【作者簡介】王明理（1954-）

生於東京。台南本町王育德（1924-1985）流亡日本生的女兒，為次女；母親，林雪梅。1979年嫁給日本人近藤泰兒，冠夫姓，是近藤明理。長女近藤綾（王綾，1979-）也有台語文相關著作，值得注意。慶應義塾大學文學院英文系畢業。現任台灣獨立聯盟日本本部委員長、日本李登輝之友會理事、在日台灣婦女會理事、日本詩人俱樂部會員，詩刊《阿由多》、《月台》同仁。著作舉例：日語詩集，《ひきだしが一杯》（東京都：創造書房，2003.05.20）；台日華三語對照詩集，《故鄉的太陽花／故鄉ê日頭花／故のひまわり》（陳麗君翻譯；台北：玉山社，2015.03）。

26　阿爸 ê 遺稿

舊舊 ê 餅 kheh-á--nih 阿爸 ê 遺稿
Kā sió-khuá 糖 kâm-á 色 ê 原稿紙 thèh--出-來
免煩惱 ē 割 tiòh 手
溫柔 ê 感觸

填 tī 格 á 內
淡薄 á 神經質 ê 款
二十出頭歲少年家 ê 字
親像鳥籠 á 蓋
Hiông-hiông hŏng 掀--開 ê 鳥 á

驚惶

Phái-sè kah 身軀 kiu-kiu

讀--落-去

文字 ê

身軀 tȧuh-tȧuh 放鬆

無 juā 久　我 iáu-buē 出世 tsìn 前 ê l ê tsa-pọ 人

Uì 半世紀久 ê 陷眠覺醒

Tháu-khuì

將 ka-tī 所遭遇 ê 萬千風湧

用小說風格 ê 文體

Tsȧt-tsuā tsȧt-tsuā tuè--落-去

I tō uì 無熟 sāi ê 男性

Tang-sî-á suah 變做 siàu 念 ê 阿爸

Uì 原稿紙 kap 紙--nih

Hun--出-來-ê 是

Thàu-lām 油印 kap hun

阿爸冊房 ê 芳味

想--tio̍h-ê 是

穿阿母 tshiah ê kah-á

Tiām-tiām 面 ǹg 桌 á

阿爸 ê kha-tsiah

——2014.04.19，陳麗君譯，《台灣文藝》2：21

【導讀】

　　對國內讀者來說，王育德的女兒這個角色，往往蓋過王明理詩人的身份。詩人確實把台獨運動 siān-pái 女兒的角色扮演得很好，出於對台灣、對父親的疼，承接起阿爸一生在做的「政治」工作。詩人就是詩人，早有詩集在日出版，今又在台灣發行台譯詩集，以詩回應父親的文學事業與台語運動。

　　詩，無須評，用白話意述一番，就很有味：手撫阿爸的小說遺稿，阿爸的字溫柔、敏感，帶點神經質，像鳥，怯生生，躲在剛打開的籠子裡。循著怯生生、帶點神經質的文字讀下去，

阿爸的樣子逐漸成形——有菸味、油印墨水味的書房，那伏案寫字的背影。相思情濃！

【作者簡介】董峰政（1954-）

出生於永康西勢──蕃薯厝部落（昔稱「番仔厝」）。初、高中讀教會學校長榮中學；大學考上淡江外文系，轉修中文系課程。1980年出社會，先後任教於崑山工專、台南家專、高雄餐旅大學。在職期間前往美國東北密蘇里州立大學進修，取得教育碩士學位。1993年參加台南神學院社會研究所「王育德台語文化教室台語師資班」，正式接觸白話字。1996年4月鄉城台語文讀書會成立於台南鄉城生活學苑，擔任召集人（會長）。台語文編著舉例：《台語文天地》（立誠印刷公司，2000.07.01，2S；久成，2001）、《母語是文化源頭：台語文寫作集》（2000）、《文學的肥底：台灣褒歌》（2000）、《母語的奶芳：台語囡仔歌》（2000）；百合文化，《台語實用字典》（2004）、《全門句的台灣俗語》（2004）；《漢學書香》（台南市社內里社區發展協會，2016）。

27 阿媽 ê 身份

Guán 阿媽

出世 tī 光緒 29 年

Tng leh 讀中國歷史 ê 阿芸

有一工 hiông-hiông 講

阿祖 kám 是清朝 ê 人

我講伊 tsham hit pîng 無關係

伊是日本時代 ê 人

Guán 阿媽

出世 tī 名叫蕃薯厝 ê 庄 kha

Tng leh 讀中國地理 ê 阿萱

有一工 hiông-hiông 講

阿祖 kám 是中國人

我講伊是蕃薯 á kiáⁿ

唐山、平埔 ê 結晶

Guán 阿媽

自細漢 hō 人做新婦 á

Tshuē 無族譜 ê tsa-bó͘-kiáⁿ

有一工 hiông-hiông 講

阿祖 kám 有外家厝

我講伊是招 ang-ê

伊是 lán tau ê 主人

是正宗 ê 台灣人

——2000.01.01,《菅芒花台語文學》3：94

【導讀】

　　這是一首特別有教育意義的詩,可與本卷收錄的另一首〈血跡〉(吳夏暉)相互參看。身份認同(identity/identities),既是「身份」也是「認同」,或可數或不可數;重點是身份認同在於過程,是動詞,或名詞化的動詞 identify/identification,如何認同、身份如何而來成了關鍵。身份認同既可親又可怕,字面義是「同一性」,比「same/ness」還絕對、還「專制」,往往抹煞個別差異 differences。嚴重,會死人!

　　本詩採用可親的訴求,肯定自家、切身、原本的平埔族認同,暗指殖民身份建構的荒謬、可笑。詩讀完,民族主義才要開始,意義(meanings/identities)會一個一個出現,問題也會一個一個來……

【作者簡介】黃徙（1954-）

四草人。政戰學校新聞系、新聞研究所畢業。碩士論文《台獨問題報導之趨勢分析》（1991）由稻香出版社正式出版：《台獨的社會真實與新聞真實》（1992）。軍官退休。現為「台江汫荒野教室休閒民宿」負責人。曾任空軍總部圖書館主任、新聞官、教官，鹿耳門天后宮發言人暨總體開發部執行長、台南市全國文藝季總策劃、台南縣文化局諮詢委員。蕃薯詩社同仁。曾獲全國大專學生文學獎新詩第三名。台語散文入選《門陣寫咱的土地：母語地誌散文集》（新台灣人文教基金會，2012）。策劃漢詩集出版：《鹿耳門詩選》（龔顯宗編著；黃勁連台語標音、註解。鹿耳門天后宮文教基金會，2000）。著作：華語報導文學，《海翁分故鄉》（真平，2002）。台語詩未結集出版：日前在臉書發表詩作，編號「台江汫 FB 台語詩 no.226」。

28　編做春夢

妳是 beh 編草蓆 á hō͘ 人倒 leh 心悶

Iah-sī beh 做 the 椅 hō͘ 人 khiau-kha 看雲

是 beh 編籠床 hō͘ 人炊粿拜年

Iah-sī 做 siāⁿ 籃 hō͘ 人 kuāⁿ 去假燒金

Tsia 是 lán 西海岸，大海無圍無閘

妳敢 ē-tàng 先編 1 ê 夢

Hō͘ 月娘 tshiō 入來門窗

Hō͘ 日頭照 ē 到花紅

Hō͘ 我看 ē tiȯh 序大人半暝眠夢

親像妳 leh 微微 á 笑

Án-ne tō 足心適

Gún m̄ 知竹 bih-á tsiah-nī 好挲圓捏扁
是 án 怎你 ê 性地 hiah-nī 歹拗 khiau 掠直
Gún m̄ 知竹 á 開花死--去，樹根 koh suan 藤吐穎
是 án 怎歹竹出好筍，kiáⁿ 孫顛倒愈行愈 hn̄g
無法度團圓
Nā 是知影——出世 mài 做雞大漢 mài 出嫁
細漢 mài 牽牛食老 m̄ 免煩惱田園拋荒
Hō͘ 風削竹尾
Hō͘ 雨糊面底皮
Gún nā 修竹先修目
破 pîng 先破心
編做春夢
Mā 是老--ê 你一人

—— 詩獻 hō͘ 一世人做竹編 ê 兩老公婆 á

—— 2015.10，《海翁台語文學》166：64-65

【導讀】

　　詩後註記：「詩獻 hō͘ 一世人做竹編 ê 兩老公婆 á」。這對老夫老妻的「身份」、老夫老妻與詩人的關係，字裡行間並未透露一二。詩有一個很「客觀」的結構——詩人不涉入，由老夫妻倆的聲音構成。詩首節是夫對妻說話，後一節則是老妻回應。夫對妻說：妳為人編蓆、編躺椅、編籠床、編謝籃，為人作嫁，何不自己先織個夢。妻回應：怨翁婿個性直，怨生活種種，早知道，不嫁！結尾：「Gún nā 修竹先修目 / 破 pîng 先破心 / 編做春夢 / Mā 是老--ê 你一人」。證明是假嗔假怨，兩人和合編織恩愛一生。夫妻倆的聲音，由詩人假扮，什麼人說什麼話。詩味、語感老道！

【作者簡介】黃文博（1956-）

北門人。屏東師專、成大歷史系畢業。鹽水坔頭港國小校長退休。兼文化部、台南市政府文獻、傳藝、文物古蹟相關委員會、審議委員會委員職。曾獲聯合報報導文學獎、南瀛文學獎、教育部本土語言傑出貢獻獎、鄭福田生態文學獎台語詩首獎等。民俗相關專業著作有六、七十本。台語文相關編著舉例：攝影，《漁村諺語100則》（洪秋蓮編撰；南縣區漁會，1996）；台南縣政府，《南瀛地名誌》5本（1998）、《鄉土語文競賽成果專輯》（主編，2000）、《南瀛俗諺故事誌》（2001）、《南瀛台語冊：台南縣鄉土語言教材》2本（總編輯，2001）；朔風樓自印本，四句聯《牽豬哥趁暢》（2003）、唸謠《ABC狗咬豬》（2005）；台南市政府，詩集《渡鳥》（2014）、《綴你飛》（2017）。

29　越吳八帖（摘四）

懷江水影

秋盤水 ê 五彩水影

照十六世紀淡薄 á 繁華

因為你無來

古城 tsiah 有 sió-khuá 古典 suí

Phōng 船 á 拚命出聲

到暗猶原起起落落

流浪 ê 心情 mā 起起落落

In 是為生活，我是 leh 心悶

趕路

旅程是 saⁿ 連 suà ê 流浪
三魂七魄 tuè 人飛
Kui 日趕路，茫茫渺渺
宇宙混沌，一片 bông 霧
Bảk-tsiu kheh-kheh
Tshun 你 ê 形影 siōng 清楚

大佛 ê 笑容

滿城大佛
以神秘 ê 笑容
行出五百冬 ê 叢林
Hō͘ 全世界 ê 人 tiȯh 生驚
你 mā 是一仙大佛
陪我行入遙想 ê 叢林
Kan-na 我 ē-tàng siàu 念

起湧

Hiông-hiông 踏入 1 ê 古早
心情
親像 Tonlesap 湖 ê 水 hiah-nī lô
水面起湧，lóng 是生活
心頭起湧，lóng 是思念

——2014.02，《渡鳥》（台南市政府文化局）：54-59

【導讀】

　　詩集註明越指中越，吳乃吳哥窟。論者稱，旅遊文學是「走馬看花」的文類，散文每每如此，詩或難以免俗。能不能免俗，全在你能不能看出什麼花的道理來。詩人有民俗寫作專業，「舊」東西摸慣了，對時間特別敏感，單單這系列八帖摘四，就能看出感物慣有的方式：由他國風物起興，將時間拉長，營造今昔對比，動則百年、千年。詩中有「你」，語調溫婉纏綿，於是有了「情詩」味。詩人自稱：「飛離開島嶼／就開始數念島嶼」。不妨一讀：由異地景觀起興，思念詩人心目

中的「千年古國」台灣。布爾喬亞式的旅行，尚能觀照在地「生活」。走馬看花，花情還不錯！

【作者簡介】周定邦（1958-）

將軍青鯤鯓人。台北工專土木科畢業；成大台灣文學系碩士，論文《詩歌、敘事 kap 恆春民謠：民間藝師朱丁順研究》（2008）。現任台灣文學館助理研究員，兼台灣說唱藝術工作室負責人。1999 年出版第一本詩集《起厝分工儂》，是第六屆南瀛文學新人獎作品，後獲獎無數。出版詩集《班芝花開》（台南縣政府，2001）、《Ilha Formosa》（台南縣政府，2005）。2001 年起出版長篇七字仔《義戰嘍吧哖》（工作室），《台灣風雲榜》（南圖，2003）、《桂花怨》（工作室，2012）。台語劇本：舞台劇，《孤線月琴》（工作室，2011）；《英雄淚：布袋戲劇本集》（南市文化局，2011）；布袋戲劇本附王藝明掌中劇團 DVD，《台灣英雄傳·決戰嘍吧哖》（台灣文學館，2014）。2001 年與台南人劇團結緣、合作，至今翻譯了七部海內外經典劇作。

30　藥方一帖

患者：台灣人

症頭：歷史失憶症

　　　Giâ--起-來 ê 時 m̄ 知 ka-tī

　　　有時 koh ē

　　　認賊做老父

藥方：母語 10 足兩

　　　褒歌 300 碗

　　　歌 á 戲 1 齣

　　　月琴 1 枝

Tsuan 法：母語 thàu 褒歌加水

Giảh 月琴做烘爐

用歌 á 戲 ê 慢火

Tsua^n 100 冬

食法：照三頓食

到恢復記 tî 為止

—— 2005.12，《Ilha Formosa》（台南縣政府）：67

【導讀】

　　1921 年有蔣渭水的〈臨床講義〉，後有陳永興、曾貴海的「模仿」之作。模仿、「抄襲」不是重點，諸位醫者在意的是台灣病了，台灣文化有病，ài i！左派觀點甚至認為，說人家病的，自己也有病。本詩〈藥方一帖〉（2001/2005）與上開病歷、處方，無關暨有關。詩人自稱，寫詩時不知有蔣渭水，遑論〈臨床講義〉？曾貴海之作（2007）更是後出。就算是模仿，也無所謂，套式加了特色：詩人是國寶吳天羅、朱丁順的入室傳人，以恆春民謠、唸歌傳承為志；對症下的藥，跟人家不同，是母語文學、民間文學。抄襲無所謂，創作理論確實有「諧

擬」（parody）一格。「擬」者，文類、文本的模仿。重點在
「諧」，是嘲諷、是批判，反！文類之反，抄襲是創作。

【作者簡介】楊禎禕（1958-）

牧師，澎湖西嶼人。台南神學院道學碩士班畢業；碩士論文、南神「實際工作論文」，皆以澎湖宣教史或故鄉教會為題。前西嶼教會、麻豆教會、鯤鯓教會（四鯤鯓）牧師；目前駐堂於台中神岡教會，並參與麻豆耶斯之家多年。信仰帶領之外，注意社區宣教；人又多才多藝，深具生態環保意識。現有一本創作出版──《2006 等待：楊禎禕詩畫集》（教會公報出版社，2007.04），收錄台語詩和華語詩多首，可看出牧鯤鯓教會當時易感善感的心思。素與台文界淵源不深，《台灣文藝》創刊號（2013.10.19）第一次轉載他的作品，就是這一首〈耶斯列之歌〉。

31　耶斯列之歌

地 ê 四角頭 beh 出聲

Beh 出聲

出聲吟 1 首耶斯列 ê 歌

聽講

流目屎 iā 種--ê tit-beh 出聲唱歌

Koh hit ê 山谷 beh tshìng 水泉

聽講

松柏 huat-s^{n} beh 來替草莿

聽講

Kong-liâm 樹成長來替莿藜

Tī 耶斯列遍地

人人 lóng beh 食 i ê 手所種作--ê

大樹--ah

你 tio̍h 拍 pho̍k-á 唱歌

草 á--ah

你 tio̍h 跳舞吟詩

為 guán 來唱 1 首耶斯列 ê 歌

Koh 1 piàn 吟 1 首耶斯列 ê 歌

聽講

受苦流汗 beh suah

獅 kap 肥 ê tsing-siⁿ saⁿ-kap tuà

無人煩惱 tú-tio̍h 惡蛇

耶斯列 ê 詩歌 koh 唱 1 piàn

聽講 tī-hia

河開叉 hō͘ 上帝 ê 神歡喜

聽講 tī-hia

流浪--ê beh 出聲應和

鑼鼓三通

三通鑼鼓

兄弟牽手合和

Bē 記得 tsa-hng ê 痛苦

你我牽手 saⁿ-tshuā

響喨通透天庭無 suah

——2007.04，《2006 等待：楊禎禕詩畫集》：
2013.10.19，《台灣文藝》1：67

【導讀】

　　耶斯列，音譯自英文「Jezreel」，和合本聖經註：「就是神栽種的意思。」（何西阿書 2：22）賞罰辨證的舊約、猶太民族的紀元前史，因此是這首詩遙遠的典故，陌生難懂；比較切近、真實的典故，則是麻豆復興街 2-4 號基督教耶斯列之家，郵遞區號「72144」——一間不一般的教會，騎個車、搭個巴士，翹首可達。讀詩、不談《聖經》，〈耶斯列之歌〉是一首流淚收割的詩章；詩句宣揚自食其力，勞苦、爭戰得息，流浪者安居、互助、共享，草木為之歡呼的和平景象，成就耶斯列之家作為「社區」教會的精神。

【作者簡介】方耀乾（1959- ）

安定海寮人，成功大學台灣文學系博士。現任台中教育大學台語系特聘教授兼系主任、國家語言發展法規劃主持人、World Union of Poets 總顧問兼台灣區會長、World Nation Writers' Union 台灣首席代表。詩集有《阮阿母是太空人》（1999）、《烏／白》、《台窩灣擺擺》等 9 冊。論著專書有《對邊緣到多元中心：台語文學 ê 主體建構》、《台灣母語文學：少數文學史書寫理論》等 6 冊。得過巫永福文學評論獎、榮後台灣詩人獎、吳濁流文學獎新詩正獎等。其作品觀照本土歷史、族群、愛情、親情，文字充滿熱帶多彩意象及殖民地歷史傷痕；論者稱台文界著力引介世界文學技巧、試驗新形式的詩人。詩作被翻成英、日、西班牙、土耳其、蒙古、孟加拉等多國語文。

32　Guán Tsa-bó-kiáⁿ ê 國語考券

Tsa-bó-kiáⁿ 一面行一面 háu--轉-來

老師罵伊烏白亂寫

考試單 á 頂面 1 粒大鴨卵

造句：

1. ……有時……有時……

答：我們老師有時會罵人，有時會打人。

2. ……中秋……

答：一年四季當中秋天最美麗。

3. ……會……不會……

答：我爸爸說：總統 蔣公會大便，不會講台語。

4. 一朵朵⋯⋯

答：一朵朵的綿羊在天空游泳。

5. ⋯⋯綠油油⋯⋯

答：春天把草原綠油油了。

是 toh-jiah m̄-tio̍h？ Tsa-bó-kiáⁿ 問--我

因為你是詩人。我回答

── 2001.10，《白鴒鷥之歌》（台南縣文化局）：141-142

【導讀】

　　論字數，這是一首「國語」多於「咱人話」的台語詩。台語詩！何故？台語意識──台語人的批判意識！具語際權力關係視野的批判性觀點，讓這首詩重心落在說台語的 speaker 及其話語，而非華語行文的考題暨答案（考卷，視同引文）。第二節：正規考題，一板一眼地問，詩人的女兒無厘頭作答，其間不搭嘎（incongruity）的張力，就規訓（discipline）而言是違

規，該罰（得零分）；就文類理論來說，是詼諧喜劇，是詩。
當教授的詩人批判基層語文教學，肯定了「詩人」的理想定義。

【作者簡介】李文正（1959-）

安平二鯤鯓人。介紹自己的出身，有時會加一句：「Guán 外公是七股頂山á人，搬來tī下林á。」說自己學歷不高，卻有一個台語人為之尊崇的「學位」：台南神學院社會研究所「台語文化教室」第二期結業（1996.08.15）。該台語班，乃該所教授鄭兒玉牧師於 1994 年創設，以傳承白話字為宗旨；該班結業生後來成立台文界最大社團——台灣羅馬字協會（1996/2001.08.19-），其間淵緣可知。歷任台南市第 14、15 屆議員，縣市合併後第一屆、第二屆議員（現任），常以教會羅馬字（白話字）寫質詢稿，是全台灣少數「bat 字兼有衛生」的政治人物。服務選民之餘，兼任市各國小台語老師多年。寫作文類以台語散文、詩為多；目前未有作品集正式出版。

33　二仁溪

你發源 tī 內門 ê 山豬湖
流過美麗 ê 月世界
Tuì 白砂崙、灣里社出海

Gín-á 時代
阿爸常在騎 kha 踏車
載 guán 去茄萣á 看鬧熱
Tiām 靜 ê 暗暝
海湧 ê 聲
涼冷 ê 風

滿天 ê 星

過鯤鯓、喜樹 á、Oǎn-lì
坐竹排 á 過二仁溪
行 tī 竹橋 á 頂面
Siⁿh-siⁿh-suáiⁿh-suáiⁿh
iⁿh-iⁿh-uáiⁿh-uáiⁿh
二仁溪你 hō͘ 我無限 ê 回憶

M̄-kú
Guán 為 tio̍h 趁錢自私自利
Tī 你 ê 溪岸
溶亞鉛 á，溶金 á 銀，溶銅
溪水變色
你變成戴奧鋅 ê 代名詞
為 tio̍h lán ê 鄉土 lán ê 健康
Lán tio̍h 悔改用心愛台灣

——2010，選舉文宣手冊《人文關懷大安平》（李文正議員服務處）：36

【導讀】

　　詩出自呼格（vocative）第二人稱，將二仁溪（二層行溪）當成傾訴的對象，實則因「地」啟悟，在告訴我們兩件事：作者小時候偕父（母）往茄萣鄉「看鬧熱」的經驗；1970年代溪兩岸燒廢五金致工業污染的一段歷史。用語平白，清清淺淺帶出不少史、地故事。比如第三節，那板 si^nh-si^nh-$suái^nh$-$suái^nh$ i^nh-i^nh-$uái^nh$-$uái^nh$ 的竹橋，勾起 1963 年省主席撥款建南萣橋的在地記憶，俗諺稱「周至柔食一塊西瓜 300 萬」！

【作者簡介】慧子（1959-）

本名陳淑慧，生於南投水里鄉的濁水溪畔，現居台南市。嘉義師專畢業。20歲起擔任教職，歷任雲林縣、南投縣國小教員；2010年於台南市崇學國小退休。2005年8月參加教育部主辦的教師台語研習、接觸台語文學，從此走進母語文學花園。自稱，初讀林央敏的詩歌〈毋通嫌台灣〉、史詩《胭脂淚》受到震撼，開啟了個人台語詩創作之路；間或寫台語散文、小說、童詩和文學評論。台文戰線社員兼社務委員。2016年出版第一本書：台語詩集《出日》（台北：釀出版、秀威資訊發行，5月）。

34　滾笑──讀 Milan Kundera ê《玩笑》

寫 tī 卡片面頂

1 ê 細細 ê-á ê 滾笑

Suah 去 tiam-tio̍h 社會主義敏感 ê 神經

Hit ê 滾笑──比茶 kho͘ 波 khah 輕

Tiām-tiām liàn--落-來

Tō kā 性命 teh 落去烏暗 ê 礦坑

報復 ê 意念孵 kah 發光

凝做 tīng-khok-khok ê 拳頭母

相中中

Tsing--落-去！

……

Kan-na 看 tiȯh 風軟軟 á 搖

悶悶 ê 旗 teh 等一港起雲 ê 風

滾 liòng ê 民間藝術等 beh hiân 燒

一粒一粒冷 ki-ki ê 心

Kundera--ah！

眾王騎巡鬧鬧熱熱

嘻嘻嘩嘩 ê 馬 kha 蹄

Kám 踏 ē 出 lán 熟 sāi ê 旋律

當所有嚴肅看待--ê

Lóng 輕做一粒水波

活--leh，一切 ê 價值

只有用「相信」去煉製

——2009.02,《海翁台語文學》86：40-41
2016.05,《出日：慧子詩集》：31-32

【導讀】

　　詩〈滾笑〉，或說是米蘭昆德拉小說《玩笑》的「讀書心得」——「滾笑」是華語「玩笑」一詞的翻譯，但這樣的「讀後感」何其重！解詩（閱讀、詮釋），說是理出詩句脈絡，詩句無非小說《玩笑》的情節梗概、小說主人翁遭遇的三段式交代，外加第四段「反嚴肅」結語。「嚴肅」看待的生命觀，不是「嚴肅」的，是荒謬！《玩笑》可不讀，專心一意抓詩句透顯的意義、暗示：一個輕如肥皂泡的玩笑話，造成生命暗黑的結局。荒謬！報復的力道何其重，帶出來，風輕輕搖、旗悶悶飄。可笑！可笑，因為可悲，是喜劇精神！悲劇和喜劇，因此交到一線。還是回去讀小說！

【作者簡介】黃阿惠

安南區人。台南市國中小本土語言（台語、客語）支援教師。1998 年加入菅芒花台語文讀書會學習寫作，後參與府城台語文讀書會繼續磨筆，詩與散文多發表於該讀書會系列文集《咱的府城咱的夢》(台南社教館編印)、《府城台語夢》(台南生活美學館)。得獎記錄：2008 年〈囡仔的詩畫〉獲教育部「用咱的母語寫咱的文學」文學獎社會組散文佳作；2015〈中洲寮路的月光〉獲台南市教育局台語文學創作散文類第二名；2016 年詩作〈洗跤報親恩〉、散文〈阿母的背影〉獲台南教育局舉辦同獎詩類第二名、散文類佳作。2017 年短篇小說〈菅埔寮有春天〉刊登於《台江台語文學》22 期。對本土語言的的傳承與推動有使命感，想一直寫下去。

35　戀戀浸水營

一條路

有祖先艱難開墾 ê 血汗

有先民認真拍拚 ê 痕跡

前清　日據　到現代

Tiām-tiām 見證 lán 生龍活虎 ê 世界

屏東枋寮 thàng 台東大武

Puâⁿ 過大漢山出姑 á 崙

Kha 步追 jip 日影

戀戀浸水營

一條溪

有祖先美麗浪漫 ê 傳說

有先民為愛奔波 ê 癡迷

形成　堅持　到現在

溫柔安慰 lán 憂愁苦悶 ê 無奈

鐵線橋　戴 tī 溪頂 ê 帽

3 pái 強颱重起過二座

黃昏水波對話

茶茶芽頓溪

一條溪一條路

Lán 懷念行踏 ê 浸水營古道

彎來 uat 去順地勢蓄水成波

有兵屯營成就平實名號

聽講古早牛陣 puâⁿ 山過嶺

泅水過溪進出後山

涼風 iát　青翠樹影

日照　催　歸箭心聲

戀戀浸水營

—— 2007.11，《府城台語文讀書會文集 6》：36-37

【導讀】

　　有關詩的主題 —— 浸水營古道的基本知識，於網路時代，輕易可得。就詩而論，古道西起屏東枋寮，終於台東大武，隔著中央山脈，是前清、日本時代東西向交通（唯一）的步道。網路、文獻或許又說，該古道是物產進出、郵遞往返的路線；詩確實也道出東部牛輸出的一段歷史。但文學畢竟不等同於歷史。歷史，盡可多揭載事實；詩則不然。這首詩把重點放在人員的來去與回歸。首段「追逐日光」的，可以讀做東「去」的腳步；末段必回以「歸心似箭」。是歷史的，也是當下詩人的。而沿途風景，當然是最美麗的裝飾。

【作者簡介】陳建成（1960-）

台南人。從事文字工作，重心放在刊物編輯，及詩歌、劇本創作。近年相關資歷：2016 年出版
《城東風華》（安平文教基金會）；2013 年擔任《台南都會報》總編輯，獲文化部最佳社區報獎；
2012 年創作布袋戲劇本《大目降十八娘》、《海島男兒》（台南市政府文化局贊助公演）；2011 年出
版台語歌舞音樂劇本《戀戀大員》（海翁台語文教育協會；市府教育局策劃公演）；2010 年布袋
戲劇本《台灣英雄傳之決戰西拉雅》（台灣文學館出版、贊助公演）；2009 年受市政府委託創作
台華語詩、製作觀光明信片；2008 年出版台華詩合集《浪人》（開朗；2009 年台南縣政府策劃公
演）。詩作入選《2008 詩行》（第一屆母語詩人大會集），2007、2010 台語文學年度選等。

36 東門城 ê 舊冊店

城 á 邊開始罩 bông
城樓 ê 燈光 sa-bui sa-bui
舊冊店 ê 頭家
撑 i 無好 tńg-séh ê 龍骨
Tsit-thȧh tsit-thȧh
Ûn-ûn-á 搬冊
慢慢 á 收擔

厝邊頭尾陸續關火
圓環冷冷清清

亭 á-kha ê 詩人 sio 約

點最後 1 枝 hun

結束話題

Suah 猶原吐出

一港一港

浮浮搖搖 ê 想法

茫茫渺渺 ê 論述

Kap 飛--來 ê 水霧透 lām

繼續離題

明 á 暗 kám 是 ài 拜天公？

有人問起

Hiông-hiông 驚覺年節過--去-ah

無 tāi 無 tsì koh 生 1 歲

頭家停 kha 歇喘

觀測天象

講出六七十年來

累積 ê 經驗

明 á-tsài 應該是好天

Ē 寒 ê 好天

——2015.02，《海翁台語文學》158：44-45

【導讀】

　　2017 年下半年，東門城仔邊的府城舊冊店三度搬家；從現實的角度看，詩寫的那間「東門城 ê 舊冊店」也就消失了。不過，書店老板人不僅在勝利路一處地下室繼續經營他的舊書店，詩作還入選本讀本──他的名字叫潘景新。

　　不論現實，說詩裡文字化的世界：書店老板的言行舉止，不失店家的招牌動作；末段再說上一句無關痛癢的氣象預報，生命一日一日過的生活感、日常感性也就跑出來了。夜暗氛圍，襯托詩要強調的文友（台語作家）一再離題、沒完沒了的聚談，可謂老舊書店的本色、真精神。所謂「好天」，會是台語文學的好天好日嗎？

【作者簡介】涂妙沂 (1961-)

本名涂幸枝，山上苦瓜寮人。中興大學中文系畢業。曾任串門出版部、晨星出版公司特約主編，玉山社資深編輯、民眾日報藝文組主編、台灣時報副刊編輯、加州培德中學中文教師、慈濟文化中心文史編撰。參與柴山自然保育運動多年，編《柴山主義》(晨星，1993)；目前從事自由寫作兼繪畫。詩榮獲 2018 孟加拉 Kathak 文學獎、南瀛文學獎、台北文學獎、林榮三文學獎、打狗文學獎、葉紅女性詩獎；府城文學獎散文結集成冊正獎；吳獨流文學獎小說正獎；二度獲高雄市文學創作助獎。著有散文集《土地依然是花園》(晨星，2006)；報導文學合集《鋼板在吟唱：台船歷史》(高雄市文化局、文獻會，2008)；農委會生態記錄片編劇，《霧社血斑天牛》(2011)、《黃金蝙蝠》(2013)；台語詩集《心悶》(釀出版、秀威發行，2016)。

37　鹹菜 un

Tsa 暗，伊 kiu tī 塗 kha

頭殼 lòng--破 kha 烏青手骨 leh 疼

伊聽 tiòh 心肝「pòk」一聲

Kám 是心肝碎--去 ê 聲音？

透早，行踏 tī ló-kó 石 ê 小山路

一隻猴 san-á 坐 tī 半路討食

伊 ê 鼻 á 歪--去 koh 流烏血

Kám 是 kap 人 sio-phah 所留 ê 記號？

中晝，菜市á賣菜ê頭家娘
好意請我試食伊豉ê鹹菜
Tshuì舌，鹹鹹酸酸ê滋味
心頭，悶悶慒慒ê感覺

暗時，燈á火閃閃sih-sih
伊輕聲細說uá--過-來
我無án怎注意
Hiông-hiông看伊khiā tī身邊
Suah tio̍h青驚，kui身軀phi̍h-phi̍h-tshuah
Uì心肝底燒--起-來ê驚惶
Hō͘我真悲哀ê感覺
我kám m̄是親像一綑鹹菜un
Tī厝--nih漸漸àu爛--a

是hit ê tiām靜ê暗暝
我決定離開ang婿

——2016.04，《心悶》（台北：釀出版、秀威資訊發行）：29-30

【導讀】

　　解題：鹹菜，大家都知道，中文稱「酸菜」。第三個字，作者寫：左邊字爿「香」，加「溫」字的右邊字爿，注羅馬字un。想此「un」字，是常用詞「草絪」的「in」；in/un之異，屬方言差（地方腔差異）？鹹菜 un 在詩中比如女人的處境：鹹鹹酸酸、悶悶憒憒，在家庭之下終將醬爛敗壞。

　　詩五段，時序為昨晚、今晨、中午、晚上，敘寫一個出現在「我」身邊受盡家暴的女人，中間插記菜販頭家娘請「我」試吃自製酸菜；到晚上，女人出其不意，雄雄又出現在身旁，一時失驚，感到悲哀，「我」終於覺悟，自己也像鹹菜 un 的處境。就在那天晚上，「我決定離開 gún 翁」！有動作描述，缺口白，時序串起準情節線，事實脈絡褪至最簡，女性自覺意識就具現在詩味的戲劇性中。

【作者簡介】陳正雄（1962-）

查畝營四堡東勢頭人。1984 年台灣師範大學公訓系畢業；後在母校台南一中教三民主義，2012 年
8 月於社會科任內退休。1997 年 12 月在鄉城台語文讀冊會所編菅芒花詩刊第二期《心悶》（台
江），首次發表詩作〈台灣三部曲〉；2000 年 1 月出版第一本詩集《故鄉的歌》（南縣文化局），
是第 8 屆南瀛文學新人獎作品結集。後續出版的台語詩集有《風中的菅芒》（南圖，2001）、《戀
愛府城》（三個版本，2006、2009、2011）、《失眠集》（南一，2007）、《白髮記》（南市文化局，
2012）。累摛台南縣市、高雄市、教育部等舉辦之文學獎無數。最新成績：〈命〉榮獲 2017 年台
灣文學館台語小說創作經典獎。

38　寫詩

Tsa 暝
我又 koh 失眠--a

你一直 tī 我 ê 耳空邊
問--我
你 ê 音韻 kám 有好聽
一直 tī 我 ê bȧk-tsiu 前
問--我
你 ê 用字 kám 有 suí-khuì
一直 tī 我 ê 腦海--nih

問--我
你 ê 含意 kám 有深刻動人

我翻來 píng 去
無法度擺脫你 ê 糾纏
無把握回答你 ê 問題
拜託--你
趕緊離開
好好去睏

你竟然講
是我害你無眠

——2007.04.30，《失眠集》：118

【導讀】

　　詩人患有自律神經失調，向為失眠所苦，詩本非無「病」呻吟。不過，在此案例，就詩論詩，寫詩是失眠的「病」根，詩是擬人化呼格第二人稱，抒情性相對就戲劇化了。就把這首詩當無「病」呻吟好了，不正巧可以理解詩人漏夜趕詩、絞盡腦汁的「苦」境？詩人失眠，由捉抓不住的一首詩起；情勢一轉，詩人反被誣害詩「無眠」！試想欲睡不能的靈肉苦楚，詩與詩人同病不相憐，當能領悟：詩人，不是人當的！

【作者簡介】陳秋白（1963-）

馬沙溝西拉雅平埔族裔台灣人。定居高雄。專事台語詩寫作與文學翻譯。2005 年接任掌門詩學社社長；任內，機關詩刊增闢「母語創作」欄，鼓吹本土語言創作。曾獲 1996 年吳濁流文學獎新詩佳作、1998 年台灣文學獎現代詩評審獎、2005 年打狗文學獎新詩第二名。著作：台語詩集，《綠之海》（高雄：宏文館，2008）、《當風 dī 秋天的草埔吹起》（高雄市文化局出版、玉山社發行，2012）、《當風佇秋天的草埔吹起：When the Wind Shakes the Autumn's Grassland》（英語對照。高雄：台灣文筆，2014）。台語翻譯：《戰火地圖：中東女性詩人現代詩選集》（宏文館，2008）。英語翻譯：錦連原著，《在北風之下：錦連詩選 100 首中、英詩選譯》（春暉，2010）。

39　雨是雲悲傷 ê 目屎

They were bound and tortured,

Burned and branded,

Bitten and buried.

—— Neruda, "They Come through the Islands."

雨是雲悲傷 ê 目屎？

風飛過我 ê 面前

Hiù-hiù 叫 teh 叫 siáⁿ-mih？

見 bē tióh 死體 ê 親人

Beh 去 toh 位掩埋 in 絕望 ê 心？

鳥隻飛落青 lìng-lìng ê 土地

我思念 ê ba̍k-tsiu

停歇 tī hn̄g-hn̄g 青翠 ê 山頂

獨裁者 ê 銅像

一座一座搬走

搬 bē 走--ê 是阿媽夢中 hit 年慌狂 ê lòng 門聲

雨是雲悲傷 ê 目屎？

Tī 記念日 hit 工

阿媽 ê 目屎

Tuì 歷史 ê 冊頁

慢慢流--落-來

⋯⋯我無意聽見微微風

偷偷 iap tī 樹葉內 teh 啼哭 ê 聲音

──2008.10，《綠之海》(宏文館)：119-120

【導讀】

　　在中文的世界，有幾句傻話，任作家、文學家「說了算」（說三道四？）：「天若有情，天亦老。」「樹若有情，必不青青如此。」再來就是相反意的「草木同哀」、「風雨同悲」句。本詩背景：白色恐怖、二二八，都成紀念日，平反了，獨裁者銅像一座一座走進歷史，頭髮飛白的老阿媽，還是沒能忘記當年丈夫被抓走的那一幕。歷史血淚斑斑！詩人同悲，天老了、樹不青青，風雨也附議同悲。雨是雲，悲傷的眼淚，是轉化，也是移情。詩引聶魯達的句子，贊其事：「In hŏng 綁、hông 虐待／ Hŏ 人燒、Hŏ 人誣賴／ Hŏng 拍，chiah koh tâi」。Ká-ná 畚埽！是垃圾！

【作者簡介】程鉄翼 (1964-)

出生於台南縣東山，在白河長大；1994 年移居府城鹽埕至今。職業士官退役，父親籍貫為江蘇宿遷縣，是屈指可數的外省第二代台語作家。現任台南社區大學職員，兼台南市國中小台語老師。目前出版的著作有台語繪本《嘉南平洋的珍珠》兩版（南圖、開朗，2010；後壁無米樂提升稻美品質促進會，2010）、《雨怪的婚禮》（台南：亞細亞國際傳播社，2014）、《田園青春夢》（亞細亞社，2015），獲選為 2010 年府城文學獎、2014 年環保署綠繪本創意比賽得獎作品；其他台語詩文並未結集。2014 年與高鳳珠合寫〈才女情殤〉，獲第六屆蘭陽文學獎歌仔戲劇本佳作，是另一類創作路數。

40　雨 kuâi ê 婚禮

曾文溪 ê 南 pîng 岸
三崁店有 tsit-phiàn 蓊 ńg
平洋 ê 次生林地
Khah 早是日本時代 ê 糖廠，有真 ka-iah ê 光景
時間 ê 遷 suá tsit-má
是雨 kuâi kap 植物多元生態 ê 樂園
In 世世代代 tī-tsia 生 thuàⁿ
起造自由自在快樂 ê 城堡

無論日頭 juǎ-nī 大

1 隻 1 隻 bih tī 樹頂 ê 枝 ue 睏 kah khȯk-khȯk-gô

Tsia 是 guán ê 大本營 lín m̄-thang 來攪吵

暗時睏飽 guán tsiah 來做 khang-khuè

Peh 樹 á、tiô 跳 guán siōng 本事

Uì 白樹 á peh 過苦楝跳過鹿 á 樹

Uì tsit ue nǹg 入樹枝 tsông 入 hit pîng 草埔

Tsia 是 guán 練身體 ê 走 pio 場

七八月 á 雨季是 guán siōng 歡喜 ê 時節

雨停 ê 暗暝

雨 kuâi 嘉年華隨時開演

Tsa-poo--ê sio 招隨人 tī 樹林佔山頭

唱出 siōng 熱豔 ê 情歌

等待新娘引 tshuā

Kih-li kih-li

樹林內驚天動地 ê 歌聲

Kih-li kih-li

天星、月娘來伴嫁

夜蟲合奏進行曲

一場鬧熱 ê 婚禮

Tō tī 雨停 ê 暗暝

——2011.06，《2011 詩行：年度台語詩人大會集》：85-86

【導讀】

　　本詩是台語繪本《雨怪的婚禮》的簡化版、「重寫」，敘述性（戲劇性）想當然就褪了些，主角人物「王梨伯」更無須登場了。如此比附，自然是為了讓詩（抒情）與敘事（narrative）在文類成規上的差異（約定俗成，當有例外）更形顯豁，以利創作、閱讀。就詩論詩，諸羅樹蛙特殊的交配習性成了詩的焦點，稱夜暗熱鬧的婚禮、雨怪的嘉年華；不禁讓人再妄自比附傳統唸謠〈西北雨直直落〉。

【作者簡介】柯柏榮（1965-）

安平人。慈幼高工電工科畢業。曾任水電工、卡拉OK播音員。因案幾度入獄。1998年在獄中接受福音。1999年參與南監樹德合唱團，隨教誨師黃南海學聲樂，起了研究台語聲韻的因緣；後出任團長，與團員灌錄CD並出版歌譜《蘺仔內的歌：台南監獄收容人創作樂集》（黃南海作曲；南監，2005）。2009年5月7日假釋出獄。2003年受台語作家陳金順等人影響、鼓勵，從事台語創作，2005年起獲獎無數；出獄前更出版第一本詩集《娘仔豆的春天》（開朗，2007）。出獄後，歷任《首都詩報》總編輯、《台語教育報》執編，兼各校台語教師職，出版台語詩集《赤崁樓的情批》（南圖，2009）、《內蘺仔的火金姑》（台南縣政府，2010）。

41　蛀穿ê黃昏圖

雀鳥á tshuē 無稻草人ê肩胛

Tō 蚓á suh 無甘蔗園ê奶水

烏面 lā-pue 夢無白鹽鹽ê眠床，一片

黃昏，nǹg--入-來。Mua tī

田蛤á hō͘ ta-thô͘ 烘 kah tiỏh 痧

蟋蟀á hō͘ 雜草驚 kah é-káu

鴨 bî-á hō͘ 垃圾水豉 kah 黃酸 ê

北 pîng 邊。Hâ tī 南 pîng 邊 ê

作穡人愈來愈 sán

拋荒地愈來愈肥

水牛 kap 白鴒鷺 sio 閃身 ê 目神

愈來愈生疏

日頭 kap 月娘 sio 借問 ê 台詞

愈來愈生冷

一隻新型 ê 噴射機無聲無說

飛出黃昏 ê siōng 東 pîng

Tsit-phû kiu 水 ê 鳥 á 屎無 lám 無 ne

頓落黃昏 ê siōng 西 pîng

──Tse 是一幅藝術畫

Kah 一領塗沙 un tī 文明 ê siōng 壁角

眠夢記 tî 來叫起床──

一隊白狗蟻肥軟肥軟，uì 畫框

蛀穿 ê kap-phāng sô--出-來

賊頭賊耳頭 tú 頭

偷偷 á 放送

SI SO MI ê 曲調

──2009.12，《赤崁樓的情批》(台南市立圖書館)：64-65

【導讀】

　　傳統修辭稱「風景如畫」是明喻,「風景是畫」乃暗喻(隱喻)。其實,就西方修辭學(記號學)論,上兩例皆明喻(simile)。那麼,何為暗喻(metaphor)呢?〈蛀穿 ê 黃昏圖〉的主修辭就是暗喻,景與畫之間,喻詞「如」、「是」隱而不見,且整首透尾隱喻,稱 extensive metaphor(全幅暗喻)。那麼,詩人的態度呢?面對一片烏煙瘴氣的風光世景——廣義「黑色」,詩人的語調是廣義「幽默」、喜感的「phah-lā-liâng」。當然非置身事外,是藏匿起來的批判、嘲諷。剩下的,該是這首生態詩的細部手路了。

【作者簡介】王貞文（1965-2017）

嘉義人，9 月 29 日生於淡水；當時父親王逸石任教於淡江中學。嘉義曙光幼稚園、崇文國小、
大業國中、嘉義女中畢業。東海大學歷史系學士（1987）、台南神學院道學碩士（1990）、德國
Bielefeld 伯特利神學院博士候選人。南神畢業後任職於新竹中會大專中心，兼任香山教會傳道。
2004 年起回台南神學院任教；2005 年封立為牧師。1994 年開始寫台語文學。台語小說〈天使〉
發表於《台灣新文學》第 9 期（1997.12.15），獲第三屆王世勛文學新人獎。台語詩、小說得到第
一屆海翁台語文學獎雙料正獎。華語著作多於台文創作集，且不論：台語短篇小說《天使》（台
南：人光，2006.06）、台語詩集《檸檬蜜茶》（台南：島鄉台文工作室，2015.09）。

42 早頓桌頂 ê 鵝 á 菜——
觀看 Paula Modersohn-Becker

白 ê 巾 á 頂

藍花瓷 á 碗

Té 半碗

金黃溫暖 ê

麥 á 糜

細塊白盤 á 內

柑 á 色結實 ê puh-ting

大塊粗樸 ê pháng

咖啡色 ê pháng 皮

淺塗色 pháng 心

親像 teh tshìng

五穀 ê 清芳

親像 teh 褒 so

作穡人勞動 ê kha 手

婦 jîn-lâng nuá 麵 tse-á ê 耐心

Kap 火爐燒烙

細細粒 ê 雞卵

幼秀幼秀

Tī phú ê 卵杯 á 頂

白雪雪

等人來

摃破 i ê 殼

享受 i

營養 ê 卵清

軟軟芳芳

金黃 ê 卵仁

白白溫純 ê 卓巾
白絲 á 線繡出
波浪 ê 韻律
海湧一湧一湧偷偷 á teh 笑
笑出自由 ê ǹg 望
外口 ê 世界
寒--人 kám 過--ah？

白 kah 單純 ê 桌頂
Tī 碗盤 ê 四圍
有人 iā 幾 ā 蕊幼秀溫純 ê
鵝 á 菜花
In 是春天 ê 使者--sioh？

幼秀 ê 白花蕊
強強 beh hō͘ 桌巾 ê 白

吞--去

看 he 花蕊 ê 暗影

人 tsiah ē 注意 tioh in ê 存在

Mā kan-na 透過 he 暗影

人 tsiah 意識 tioh

窗 á 外

日頭光轉猛--ah

簡單家常 ê 早頓

出 tī 女畫家 ê 手頭

充滿性命力

Kap 早起時 ê 日頭光

Teh 對話

—— 2015.09,《檸檬蜜茶》：88-91

【導讀】

　　女詩人本具信仰（神學）、美術與文學感性；基督教反思篇章外，特選本詩為貞文「姑娘」的代表作。原刊詩後記，簡介傳主女畫家：受法國印象派影響，風格熱情、純真，具鄉土味；「tī in tsa-bó-kiáⁿ 出世無幾工 tō 過身--a。」女性思考，於是成了本詩藝術關懷之餘的弦外音。讀詩，最好拿圖對照，這才發現詩人「讀」畫，由桌巾始，順時針白描畫中心物，再回到散落桌巾邊緣、不起眼的「鵝á菜花」。強調生活的「日常性」，所謂「鄉土」，女畫家的生命力，女詩人的生命觀！

【作者簡介】陳金順（1966-）

桃園人。2006 年遷居台南並設籍；《春日地圖》（南市文化局，2011）主題詩記錄了此番向陽南邊的雅事。由此可見，詩人對文字創作務實、健康的想法；由記錄、寫「實」而虛構的發展方向；近年轉而寫小說，是此等創作觀的實踐。台灣藝專廣電科畢業；台南大學國文系碩士（2010），論文獲台灣圖書館獎助。1995 年投入台語文運動，創作、編刊物、出版是此後重心。早年參與《茄苳》編務，創辦、主編《島鄉台語文學》；後擔任《台文戰線》總編輯；以個人工作室的名義獎助出版台語文學書。得獎無數，著作多元：論文之外，尚有台語詩集《島鄉詩情》（島鄉台文工作室，2000）等 5 本；散文集《賴和價值一千箍》（南圖，2008）；長、短篇小說集《彩虹春風》（島鄉文史工作室，2015）、《天星照路》（2013）。

43　九層嶺 ê 胭脂葉——
詩寫萬淑娟 Uma Talavan

Mahapug ka vare 吹過豔日 ê 樹 ng

捲起 2 片 ta-lian ê Hapa

Sasat ki aiam 歇 tī 樹 ue

吟唱千古 sau 聲 ê 鄉愁

1908 伊能嘉矩堅定 ê kha 步

Tī 荒郊野外 tsham 鹿 á bih-sio-tshuē

Tshuē 無 Masamak ê 形影

2008 Uma Talavan 堅定 ê 眼神

Kan-taⁿ ē-tàng tī Sasusulat--nih

看見鹿 á hōo 無情 ê 歷史 tiau 古董

Musuhapa Siraya

走 tshuē 沉 bih 200 冬 ê

Khut-sè

九層嶺 ê 胭脂葉

沿路滴落歡喜

透 lām 目屎 ê 血汗

Musuhapa Siraya

雨來、風颱 suá-kha 了後

七彩 ê Varonginga

Tī 天邊 tsham 1 蕊 1 蕊白 ê

Pourarey sio 放伴

Tabe, mariyang ka wagi

Siraya！

——2009.06，《一欉文學樹》(台文戰線雜誌社)：94-95
*2015.12，《絕峰嶺》(台文戰線雜誌社)：165-167

【導讀】

　　詩人好寫「人物詩」，每每表現地誌色彩。很有台南味的一首詩！主題是，西拉雅平埔族的再生、新生。以萬淑娟——西拉雅民族復興運動代表性人物為引子，嵌用西拉雅族語彙，營造兩種分合的美學、詩味：對照著詩集的用詞註解讀，在閱讀時序、語法鏈上，可以輕巧得出今非昔比的民族遭遇與鄉愁，以及由濃濃鄉愁奮興、重生的民族意願。再者，不看註解，對文盲讀者來說，這些語彙形同並置、「拼貼」的聲音，充滿裝飾趣味。這種「異」語裝飾的趣味，也可見諸本卷不及授權、收錄的另一首台語詩〈超現實 ê 歌聲〉，值得並看、比較。

【作者簡介】林裕凱 (1966-)

坪林大粗坑人,在新莊長大;房子買在麻豆,住在麻豆。交通大學電子物理系學士、碩士、博士。真理大學前台灣語言學系專任助理教授兼教務組長,現任通識學部助理教授;前《首都詩報》主筆,現兼任《台灣文藝》副總編輯。台語詩集《大粗坑學聽雨聲》雖未正式出版,《台灣文藝》從第 4 期 (2015.04.19) 開始整部連載,該刊主編稱「真詩人」,強調外學院氣的「生活感性」。得獎記錄:A-khioh 賞,2008 年社會組小說類白鴿鷥獎、2010 年台語詩黑面琵鷥獎;2010 年第二屆鄭福田生態文學獎台語詩二獎;2013 年台南文學獎台語小說佳作。主編《台語白話字文學選集 4:小說・劇本》(台灣文學館,2011.11)。現為台文館民間文學唸歌資料蒐集編纂計畫主持人。

44　楠西白梅

我 bat--你,白梅

Nah ē tī-tsia,清清 ê 冬尾菜市 á

隔壁有

菜頭漆紅 kap 銀柳 saⁿ-kap

Tng-teh 展風采

連店主 ê 少年頭家娘

Mā 雙面紅 gê-á 紅 gê

激精神

我看,你

Kap in huáⁿ-huáⁿ ê 色緻 bē hah

Tàuh-tàuh 燒 lō--起-來 ê 街市
Hi-hi-huàh-huàh 無心神注意
你激骨激骨
楠西山嶺來 ê 白梅
Kap 雲 ná 烏 ná 厚 ê 烏陰天
鹹酥雞 kap Pizza tō 排 leh 路邊
Khah 講也是大細 tshuì-khang ê tāi-tsì
Kiau 衫 á 褲 ê size kap 色水

花 m̂ 出 tī 無葉 ê 枝骨
Hông 看出出
極 koo-kài ê khut-sè
Tse tō 是你
寧此 ut--leh thìng 候點醒
酸冷風吹
暗藏芳味 ê 雪
Hit-tsūn 你 lán 笑神 sio-tú
害我 hiông-hiông tiû-tû

Beh 晝 á tiām 靜 ê 空氣 ná 沉

Tsit-tsūn gín-á 笑聲 tuè 雨 mî-á

拍破

Hip-tiâu--leh ê 花心

金黃金黃

芳味 lām tī 菜味

【導讀】

　　楠西產梅、有梅嶺，對外輸出相關農產品。插花用的含苞梅枝是其中一項，輾轉流落詩人所在的「冷冷的年終菜市場」（清清 ê 冬尾菜市 á）——套以詩人的「生活感性」，想必是麻豆。詩一直在強調梅枝、梅花的刻板印象：激骨／特立獨行、雪裡孤介（kò-kài）的形象，不同於顏色霧濛了的（huáⁿ-huáⁿ）街景；市井的氣味，彷彿更襯出文字未及表明的白梅香。白梅，非商品的商品。詩人念茲在茲，是詠物！

【作者簡介】林姿伶（1967-）

山上人：目前定居高雄，在鹽埕國小教書。台南師範學院（台南大學前身）鄉土文化研究所碩士，論文為《1964-1977《笠》重要詩人研究》（2003）。1994年投入台語新詩創作；1995年，第一首台語詩〈落雨暝〉發表於《台灣時報》（08.20）。曾獲高雄市婦女文學獎新詩佳作、99年度台灣兒童文學徵文比賽台語童詩第二名、2012年打狗鳳邑文學獎台語詩詩首獎、2015年教育部閩客語文學獎教師組台語詩第一名、2016年台中文學獎母語歌詩類台語歌詩組首獎。出版的作品有華語詩集《聽！那木棉花》、台語詩集《海》（台中：白象文化，2008）。

45　紅毛港 ê E-poʾ 時

我 ê 心情

Tsit 條舊舊 ê 街路 hiah-nī 長

長長 ê 冷冷清清

Tshun 厝壁 lak thôʾ-hu ê 磚

像 lak 漆 ê 記 tî kāng 款

說出一段歲月 ê 拋荒

鹹鹹 ê 海風

知影我 ê 曾經

但是 tsit-má，大船無 beh koh 出征

紅毛人不在眼前

Tsit 條舊舊 ê 街路 hiah-nī 長

長長 ê 冷冷清清

是白白 ê 頭毛

坐 tī 門口庭 ê 老人孤單

——2008.09,《海：林姿伶台語詩集》(白象文化)：38-39

【導讀】

　　紅毛港位於高雄市小港區，四十年限建，形容詞稱「老舊」；說得比較社會學或報導式地，是「發展停滯」之類的。單單地名，勾得起多少悲喜故事、大小歷史？文字意義的孳乳是社會性、約定俗成的；單單「紅毛港」三個字，就是詩！回歸本題，詩人簡單提紅毛港西北東南向那條長長「舊」街作比，比清冷心情、喻星星白髮，緊緊抓一個「老」義敷衍。

　　岔開題的觀點：台語「老」、「舊」，字面義有別。「老」用於生物，「舊」則套在非生物上。反用為詩，需有詩人執照，是詩人特權。

【作者簡介】謝文雄（1967-）

柳營人。高雄師大國文系畢業。現職：延平國中國文老師。曾獲 2001 年全國優秀詩人獎；2003 年台南縣小麻雀徵文兒歌第二名；2004 年第一屆海翁台灣文學獎囡仔詩組佳作；2007 年台南縣鄉土語言詩歌創作比賽教師組第二名；2011 年台南市兒童文學創作專輯創刊號徵文教師組兒歌第三名。華語著作：詩集《傷口與花朵》（南縣文化中心，1999）、《政治與生活》（詩藝文，2007）；《浮世極短篇》1-2 集（詩藝文，2001；自印，2015）。台語詩〈柳營牛奶〉入選黃文博主編的鄉土語言補充教材：南瀛唸謠集 1《南瀛有夠嬌》（台南縣政府，2008）。唯一出版的台語詩集：《大海灣底唸歌詩》（自印，2015），由先生娘蔡沂真和兩個孩子謝佳哲、謝昀蓉畫插圖，也是佳話。

46　肉粽

將府城 ê 台灣第一間孔廟 包--起-來

日本時代 ê 消防局 kap 警察局 包--起-來

300 冬 ê 赤崁樓 kap 祀典武廟 包--起-來

延平老街 kap 安平古堡 包--起-來

台灣燈會 包--起-來

運河划龍船 包--起-來

國家台灣文學館 包--起-來

做十六歲 拜天公壇 拜媽祖婆 包--起-來

用粽葉 文化 ê 葉 包--起-來

包 1 粒 tshe-tshau 澎湃 ê 粽

——2015.05，《大海灣底唸歌詩》（謝文雄）：20

【導讀】

　　先生人寫詩，每從童詩入手。一來，想必有實用、教學上的需求；二者，兒童文學本就是師範院校的重點課程，先生人從那裡出來，必學有素養，容易出手。童詩易寫難工，這易字，其中一樣來自簡易修辭的套用。屬「重複」（repetition）型的修辭格，就是簡單、常見的技巧。詩出自類疊，類句（類詞）「包--起-來」重複出現，其實是同一句型的重複（排比），一句話——「把文化包起來」，文化肉粽！

　　本詩未必要歸入童詩類，在其題材、主題內容老少皆宜，不到「十八限」——文化，不單單你們大人的事情，也是我們小孩子應該關心、可以關心的代誌。這就是技巧外的「思想」（詩想）。

【作者簡介】林文平（1969-）

父籍嘉義縣；土生土長的六龜人。輔仁大學中文系畢業，學士論文：《命運的青紅燈：從台灣諺語看台灣先民的命運觀》（1996.06）。在學期間，因買書之便認識洪惟仁，情同入室；後參與《掖種》編務，任主編。現職：中山工商國文老師。1989-1991年在新化知母義當兵；退役後任歌林公司嘉南地區業務；近年，所屬百事可單車隊凸規台灣，出入大台南。也因這層地緣關係，寫了不少台南關係詩作，詩集《用美濃寫的一首詩》（台文戰線，2012）即收錄4首。獲海翁台語文學獎、教育部文藝創作獎、閩客文學獎等。著作：《台灣歇後語典》（稻田，2000）；《實用台灣成語典》（影版，n.d.）；台語詩集，《黑松汽水》（百合文化，2001）、《時間个芳味》（2006）。

47　保安車站

無緣 ê 對號快車駛--過
Kā 歇 tī 樹尾 ê 厝鳥 á 拍青驚
Kan-na 排班 ê 計程車司機
Kāng 款 the tī 車內
永保安康

樸實 ê 保安車站
久年來，用一種慢
牽成車路墘 tsit ê 庄頭 ê 生活
平常時，mā tshun tiām 靜坐 tī 車站

等火車，三不五時 á tú-tiȯh 假日

無 beh 坐火車 ê 遊客

Tsiah 將好奇 tsiⁿ kah 滿車站

Hō͘ 小小 ê 車站牽一絲絲 á

繁華 ê 滋味

當年 tī 車站難分難離 ê 情伴

幾年後，受柴米油鹽 ê 洗禮

Kui 家伙 á 來到車站

虔誠 leh 複習青春 kap 幸福之間 ê 長度

嘉南平原 ê 風吹--過-來

Kā 保安宮 ê 香火

車路墘教會 ê 聖歌

Hām 保安車站 thīⁿ tsò-hué

有一款下港人 ê 溫柔

Tiām-tiām leh 生 thuàⁿ

──2012.09，《用美濃寫的一首詩》（台文戰線雜誌社）：48-49

【導讀】

　　保安車站（1962-）的前身，稱「車路墘停車場」（1900-）。由此可見，政權在變，語言在變。詩意也在變？車站，舊稱（也是現稱）「車頭」；華語「（火）車頭」，其實是台語的「機車」、「火車母」。這些名詞辨異，其實在詩人腦中，不出詩人的台語素養之外；照用，是語言包容，自覺地「借」。詩稱「地誌」，設喻譬事之間，順手把車站所在村落的地景交代一下，點出大名氣小車站、草地繁華的張力，終歸是鬧靜、今昔、快慢對比出來的草地小小車站──車路墘火車頭。一味閑散！

【作者簡介】謝銘祐（1969- ）

金曲歌王。1969 年生於草屯；五歲隨親遷居台南安平。台南一中、輔仁大學圖書館學系畢業。專業唱片製作、作詞、作曲。2005 年與同好成立「玩物尚志唱片事業有限公司」，組麵包車樂團；2008 年發行麵包車第一張專輯《出發》。2013 年與同好組三川娛樂有限公司。發行個人專輯：《圖騰》（華語 HG CD；喜瑪拉雅，2002）、《泥土》（台華語 TH CD；亞克北起，2004）、《城市》（HG CD；玩物尚志，2005）；《台南》（TG CD；三川娛樂，2012；2013 年金曲獎最佳台語專輯、最佳台語男歌手獎）、《情歌‧也歌》（TH TG 雙 CD；三川娛樂，2014）；《舊年》（TG CD；三川娛樂，2016；2017 年金曲獎最佳台語男歌手獎）。2016 年獲金曲獎最佳作詞人獎提名。

48　行

行　沿路行　行　慢慢行

經過少年 ê gín-á 伴

Mā 經過失戀 ê 亭 á-kha

Koh 行　繼續行

行　沿路行　行　ná 拭汗

聽見 gún kiáⁿ leh 叫阿爸

Mā 聽見幾 lō 聲再會--lah ！

來行　心愛--ê tàu-tīn 行

直直 ê 彎 khiau ê 看無尾 ê 人生

鬧熱 ê 寂寞 ê 無閒趕路 ê 面
時間 i m̄-bat 停

大雨大風 lán tiȯh 頭犁犁 ná 停 ná 行
Peh 崎落山 lán tiȯh 一步步穩穩 á 行
有好風景 sió luán 一下 á kha
有雙叉路 心 liȧh hō͘ tiāⁿ
轉彎 sȯh 角 lóng mā ka-tī khām ka-tī 輸贏
夢一大 phiáⁿ 拖半路 gún 長長 ê 影
好額散赤 好命 iá 歹命
路 iáu 真 hn̄g gún gōng-gōng-á 行

行 沿路行 行 繼續行

——2012.12.31，《台南》CD 專輯（台北：三川娛樂）：詞單

【導讀】

　　只是一種讀法！作者簡介漏了一句：「2000 年，從台北回故鄉台南」。論者稱：詩人回鄉，「拋開制式化商業製作，重新感受土地的溫度，做自己想做的音樂。」（Wikipedia）我們就把這首詩（歌），讀成詩人初回鄉「沉潛」儀式的再現：毫無目標地、無目的性地漫遊，在府城市區大街小巷；所有耳熟能詳的台南市街名慢慢隱退，躲到「行」字一再類疊出現的詩句背裡、歌聲後面，成了少年路、失戀街、再會港、好額巷、散赤弄……當你也跟著走上街，這才發現走的不是台南，是何去何從的人生！

【作者簡介】陳潔民（1970-）

本名陳淑娟；本籍七股，在彰化成長。彰化高商、台中商專、靜宜大學中文系畢業；靜宜中文研究所碩士，論文為《賴和漢詩的主題思想研究》（1999；賴和文學研究論文獎助作品）。在靜宜兼過講師；現職，彰師大附工國文老師。在學期間，得過彰商文學獎、台中商專夜專青年文學獎、靜宜心荷文學獎與蓋夏文學獎，是文藝青年。1997年開始寫台語詩，目前出了兩本台語詩集（華文作品未結集），有以台語創作為志的意思：《行入你的畫框》（彰化縣文化局，2010.09）、《只有相思是》（島鄉台文工作室，2017.12）。居家學佛，詩意在禪空與有情之間生住異滅。

49　咖啡花影

坐 tī Starbucks ê 樓頂
叫 1 杯 Caffé Latte
用別人 ê 1 頓飯
止心內 ê tshuì-ta

奢華
孤單心靈 ê 被單

透過玻璃窗
照出現代人 ê 迷茫

空虛 ê kha 步快緊

每 1 ê 人

Bē 輸 lóng 有該當去 ê 位

感傷

是杯底 ê 雲影

無窮盡 ê ut-tsut

Koh thėh 1 粒 bá-tah 球

倒入去咖啡

Tńg-sėh 一漣一漣 ê 花式

咖啡 ê 醇芳

跳舞 ê bá-tah 花

Hō͘ 人感覺

幸福 ká-ná iáu 有機會

坐 tī Starbucks ê 樓頂

Lim tsi̍t-tshuì Caffé Latte

寂寞 ê 咖啡杯

——2010.09，《行入你的畫框》：56-57

【導讀】

　　無「我」字，詩裡有「我」？這是頭一個似乎無關緊要的好問。反正是主詞、人稱的簡省而已。「獨飲」的原始題，總要招月惹風，再看看自己的影子。這裡的獨飲，發生在奢華都市風的星巴克，窗外是人，來來去去。「我」字寫上一百個，還是孤伶伶我一個。擁擠的孤獨！用別人一頓飯的時間，喝咖啡，止內心飢「渴」，終有體悟：外於我的奢華照見我的孤單；感傷，在窄窄杯底無窮盡，終不死心。幸福會來？

【作者簡介】蔣為文 (1971-)

岡山人。淡江大學機械系畢業；該校台語文社創社社長，是台語學運世代。德州大學 Arlington 分校語言學碩士、語言學博士；現任成功大學台文系教授、台灣語文測驗中心主任。碩士論文做台語書面語的語言態度調查，博論則比較台灣漢字與越南羅馬字的學習效率，台語學、越南學也成了往後學術研究、社會實踐的兩大主題。2008 年 8 月創辦亞細亞國際傳播社，發行台語文相關文字、影音出版品。創作相關著作舉例：台語多文類合集，《海翁》(台笠，1996)；2009 年台灣歷史博物館製作台語劇《草地郎入神仙府》(王婉容編導，2009)、《一八九五開城門》(許瑞芳編導，2009) 出版、演出，參與「漢羅拼音」；2011 年主持台灣文學館，出版《台語白話字文學選集》5 本。

50 Iah-á 花開

算講
決定做革命者
Tioh 應該了解
寂寞 kap 孤單
不時 uá 附 tī 你身邊

假使
工作 suah
有機會看見窗外
遙遠 ê 運動路上

有 1 ê

你熟 sāi--過 ê 人影

Ǹg-bāng 你 ē 記--得

I 一直 kā 你當做

Siōng 好 ê 朋友

是秋天 ê sî-tsūn

野薑 á 花開

Kui 山 phiâⁿ

變--loh

革命者變 kah 溫柔、浪漫

Iah 是

革命者 pún-tsiâⁿ tō 是有血性、有目屎 ê 人

只是

I 一直將 siōng 深 ê 感情

藏 tī 野薑 á ê 花蕊當中

Kan-taⁿ

Tng 花開 ê sî-tsūn

Tsiah ē hām 露水 tsò-hué liàn--落-來

是秋天 ê sî-tsūn
野薑 á 花 tsiâu 開

—— 1996.06，《海翁》（台笠）：52-53

【導讀】

　　「Ia̍h-á 花」（蝶仔花），就是「野薑花」。本卷版，將原題「野薑 á 花」改過、內文不改，是權宜的閱讀策略：到底，「語言包容」的現況將帶出什麼風貌的台語書面語，又反映語言發展怎樣的過去、語際權力關係？其實借詞「野薑 á 花」，構詞已改，相對良性。且異名異種多矣 —— 埔姜花、三奈、路邊姜，路邊 suí？……就算放出斥候追索，偵得「詩意」，也要帶一點點悲涼。就用這一股心情讀本詩，追憶革命者的學生時代 —— 淡江後山水源地，野薑花開滿地。訴求去漢、拉丁化的英雄有淚！

【作者簡介】呂美親（1979-）

嘉義水上人，台南新婦。清華大學台灣文學研究所碩士、日本一橋大學言語社會研究科博士；現任台灣師範大學台灣語文學系專案助理教授。得獎紀錄：耕莘網路詩創作銀筆獎；吳濁流文學獎新詩正獎；台南文學獎台語小說、台語詩首獎；打狗鳳邑文學獎台語詩首獎等。著作：賴和音樂專輯《河》（風潮唱片，2005）作詞；翻譯《王拓小說台譯》（時行台語文會，2006）；與張學謙、楊允言合編《台語文運動訪談暨史料彙編》（國史館，2008）；台語詩集《落雨彼日》（前衛，2014）；編譯《漂泊的民族王育德選集》（台南市政府文化局，2017）。

51　拍 m̄ 見

明明，我 to 行去灶 kha

Nah ē？

番 á 火起 bē tȯh

Suah 化做生份 ê 路燈

手底 hit 枝煎匙

變成沉重 ê 柴拐 á

鹽 kap 味素 m̄ 知 lóng 藏 uì toh--去

Hiông-hiông koh 吹來 tsit-tsūn

Tshȧk 目 ê 風飛沙

明明，我 to beh 行去灶 kha

雲 suah 愈 thiap 愈厚

日頭也漸漸落山

Beh án 怎？

暗頓 bē 赴煮

Hiah ê gín-á nā 轉--來

Kám ē 去餓--tioh？

—— 2003.08，《海翁台語文學》20

2014.07，《落雨彼日》(前衛)：71-72

【導讀】

　　失智症患者，意識正常，記憶力卻逐暫退化，這才會明明要去廚房，一轉眼，人拄著拐杖，走在生份的路上，夕陽西下，路燈亮了，雄雄吹來一陣風飛沙。心頭還惦記著晚飯沒煮，孩子就要回來，怕他們餓著。

　　很簡單的一首詩，詩人實寫一位失智「老媽媽」的意識，我們用白話再說一遍（意述），如何是詩？上開意述，自然是散

文，非詩。在我們意述的過程，確實也失卻一些文字趣味：基於相似性的「知識型」（episteme），煎匙與拐杖，鹽、味素與風飛沙的修辭性關係。詩裡說話的（speaker）不是作者本人，無非詩人擬設的 persona。這就牽涉創作虛構、虛構創作的大道理。三者，你怎能確定「她」是個「老」「媽媽」，女的？女性主義！語言的社會性！語言拜物……

【作者簡介】杜信龍（Masa，1981-）

灣裡人；筆名 Pháiⁿ-gín-á Uan-lí-siâ。輔仁大學電子工程系畢業；中央大學電機工程研究所碩士。現任高雄外商恩智浦半導體資深工程師。2013 年開始寫台文。至今，寫詩超過 600 首，旁及散文、小說、翻譯、文化評論、七字仔，皆有涉獵。台語作品曾獲 2014 年林百貨為林寫詩徵文比賽新詩組第二名；2014、2017 年桃城文學獎新詩頭獎、優選；2015 年前衛出版社「《被出賣的台灣》有獎徵文活動」優等；2015 年教育部閩客語文學獎社會組台語詩第二名；2015 年台北西區扶輪社第 61 屆台灣文化獎台語歌詞佳作；2016 年阿却賞台語短篇小說頭獎；2017 年夢花文學獎新詩佳作；2017 年恆春民謠大賽民謠詩詞徵稿組乙等。影本著作，未正式出版：多文類合集《Gín-á 聲：故鄉 ê 詩筆記》、《七字 á 練習本》、台譯《短句：A-tok-á 講台語》。

52　旅行地圖

地圖 thí--開

好好 á kā 我上地理課！

Lán ê 城市

你去過幾 ê 地頭？

內底有 siáⁿ-mih 故事？

Lán ê 溪河

你 kám 有去 tshuē in ê 源頭？

內底有你細漢時 ê 記 tî--無？

Hiah ê kuân 山

內底你去過幾 ê 所在？

Kám bat tī 春夏秋冬去 hia 行踏？

Hiah ê 族群

內底你有 juā-tsē 朋友？

你 kám 有法度用 in ê 話，kap in

Aĭ-siah-tsuh ？

地圖 thí--開

好好 á 教 ka-tī 認 bat 故鄉

Tsia m̄ 是 ho͘-theh-luh

Thí 開地圖

開始走 tshuē 生份 ê 所在

一步一步行踏

Kā kha-jiah 留--落-來

完成 1 張 ka-tī ê 性命地圖

地圖 thí--開

回鄉起行

——2016.05.30，《台灣文藝》5：9

【導讀】

　　這是本卷最有鄉土教育意義的一首詩。但凡台南人，老少適用，皆為學生。很簡單的詩設計：人在故鄉地，看故鄉地圖，回鄉！看地圖，是「旅行」的方式、回歸鄉土的儀式；儀式過後，一步一腳印，走歷鄉土，重新認識腳踩地、頭戴天，重新認識人在其中卻生份的故土。

　　前兩節是散文句，倒也似散文的第三節，點出「鄉土生份」的新觀點，詩味就出來了。末段結論，在鄉回鄉，全詩整活！台語美學強調白話成詩，此是一例。

【作者簡介】黃之綠（1982-）

北門人──北門區，文學地理「鹽分地帶」的北勢角，倒自稱「離『鹽分地帶文學』不止 á 遠」。台灣師範大學台文所碩士班研究生，目光終究落在鹽分地帶台語文學的研究上，發表過相關論文。曾任李勤岸教授主持的台灣白話字文獻館研究計畫助理；參與陳明仁《拋荒的故事》有聲書「漢字改寫」編務；兼《台語教育報》編採。2012 年台灣母語詩人大會年度詩人，台語詩〈阿爸寫 hō 阿媽 ê 話〉、〈頭 1 ê 記 tî〉、〈鹽山〉3 首，收錄在《2012 詩行：台灣母語詩人大會集》（李江却台語文教基金會、海翁台語文教育協會、首都詩報社共同出版，2012.06）。

53　頭 1 ê 記 tî

Hit-tang-tsūn

Uì iáu-buē 到喇叭鎖 ê kuân 度

看 tuì 門 ê hit pîng--去

我有看 tio̍h gún 阿 tsa

自細漢 我 tō 懷疑

He 是眠夢

Ia̍h 是我 ê gín-á 時

我是阿 tsa ê 大漢 tsa-bó͘ 孫

Hō͘ i 弄、hō͘ i 抱 ê 緣份

短短 2 冬過 2 個月 ê 日子

短短 ê 緣份

Tiāⁿ-tio̍h 有 1 張相片 teh 提醒

Hit 張相片內底 ê 我 頭 tsiok 大

阿 tsa 抱--我 抱--leh 歡歡喜喜

相片內底看 ē tio̍h 抱孫 ê 笑容

M̄-koh

我已經 bē 記得 hit 雙手 ê 溫度

阿媽 tiāⁿ-tiāⁿ 講 gún 阿 tsa

Juā 疼--我 ê tāi-tsì，tiāⁿ-tiāⁿ 講：

「自你 ē 曉講話到 i 轉--去

一聲阿公 你 to m̄-bat 叫--過。」

阿媽見 nā 話 見 tō 感覺

孫叫阿 tsa tsiâⁿ 趣味

阿媽見 nā 話 見 tō 問--我：

「Lín 阿公 tsiah 疼--你

你 nah ē 對 i lóng 無記 tî ？」

阿媽見 nā án-ne kā 我問
我 tō ē 想起 hit 一幕
Hit ê 1 年過 1 年
猶原清清楚楚 ê 情境

1 年過 1 年　我早 tō 相信
短短 2 冬過 2 個月 ê 緣份
Hit 一幕　是阿 tsa 留 hō--我 ê 記 tî
He 是我 tsiok 細漢 tsiok 細漢
Tō 有 ê 記 tî

Hit-tang-tsūn　門開開
Uì iáu-buē 到喇叭鎖 ê kuân 度
看 tuì 門 ê hit pîng--去
我有看--tio̍h　Gún 阿 tsa

Gún 阿 tsa 已經
倒 tī 大廳

—— 2012.06，《2012 詩行：台灣母語詩人大會集》：51-53

【導讀】

　　詩人有家學，寫起大「白話」，風格卻異於乃父寫台語詩的「文 khuì」，好比同一齣戲，父仔囝同台，兩個地方腔。

　　這成詩的白話，頭一層，出自天真的眼光、口氣，自然是長大後的詩人「假扮」的成人假聲。二是「懸疑」（suspense）。這懸疑從第一行詩慢慢成形，到末段兩行解決：「Gún 阿 tsa ／已經倒 tī 大廳」。詩人的頭一個記憶，阿公過世，一個兩歲大的嬰仔面對「死亡」的紀事！寫小說，起筆常要設情境（situation），攸關後續故事的發展。本詩就是一個孤立的「情境」。

國家圖書館出版品預行編目（CIP）資料

臺南青少年文學讀本 臺語詩卷 / 施俊川主編 .
-- 初版 . -- 臺北市：蔚藍文化 , 2018.07
　面；　公分
ISBN 978-986-95814-8-6（平裝）

863.51   107008234

臺南青少年文學讀本 臺語詩卷

主　　　編／施俊州
顧　　　問／陳益源
召 集 人／陳昌明
社　　　長／林宜澐
總　　　監／葉澤山
行政編輯／何宜芳、申國艷
總 編 輯／廖志墭
編輯協力／林月先、潘翰德、林韋聿
書籍設計／黃子欽
內文排版／藍天圖物宣字社

出　　　版／臺南市政府文化局
　　　　　　地址：永華市政中心：70801臺南市安平區永華路2段6號13樓
　　　　　　　　　民治市政中心：73049臺南市新營區中正路23號
　　　　　　電話：（06）6324453
　　　　　　網址：http：// culture.tainan.gov.tw

　　　　　　蔚藍文化出版股份有限公司
　　　　　　地址：10667臺北市大安區復興南路二段237號13樓
　　　　　　電話：02-7710-7864　傳真：02-7710-7868
　　　　　　臉書：https://www.facebook.com/AZUREPUBLISH/
　　　　　　讀者服務信箱：azurebks@gmail.com

總 經 銷／大和書報圖書股份有限公司
　　　　　　地址：24890新北市新莊市五工五路2號
　　　　　　電話：02-8990-2588

法律顧問／眾律國際法律事務所　著作權律師／范國華律師
　　　　　　電話：02-2759-5585　網站：www.zoomlaw.net

印　　　刷／世和印製企業有限公司
定　　　價／新台幣260元

初版一刷／2018年7月
ISBN 978-986-95814-8-6

GPN 1010700902
臺南文學叢書 L103 2018-432